長編小説

媚薬団地

橘 真児

竹書房文庫

目次

※この作品は竹書房文庫のために
書き下ろされたものです。

第一章　いきなり隣の奥さんが

1

（ああ、やっと帰ってこられた……）

疲れた足を引きずる関谷信太郎《せきやしんたろう》の目に、我が家が見えてきた。ようやく戻ることができたという感慨が、胸に熱くこみ上げる。

お盆はとっくに過ぎたのに、夏の名残をしつこく残す八月の下旬である。地表を照らす太陽が、まだ高いところにある昼下がりのこと。

信太郎は今日、日本に帰国したばかりであった。

とは言っても、べつに何年も日本を離れていたわけではない。南米の世界遺産や景勝地を巡るツアーに出かけて、二週間足らず留守にしていただけだ。

にもかかわらず、見慣れた光景を懐かしく感じたのは、それだけ過酷な旅だったことを表していた。

行き先や日程に難があったのではない。シニアの参加者が多い、ごく普通の観光コースであった。

その旅先で、信太郎はさんざんこき使われたのだ。

彼はもともと旅行など好きではない。部屋で本を読むか、テレビの海外ドラマを観るのを好む、典型的なインドア人間だ。

そんな彼が、地球の反対側までわざわざ出かけたのは、自分の意志ではない。田舎《いなか》の母親から、ツアーに同行するように言われたのだ。

『わたしも老い先短いし、元気なうちに世界遺産とか、有名なところを見ておきたいのよ』

そう言って、一緒にツアーに行くことを要請した。いや、命じたのである。

老い先短いも何も、そもそもひとり息子である信太郎が、まだ二十八歳なのだ。母親も五十の坂をふたつほど上っただけである。元気なうちにと弱気なことを言うわりに、あと二十年は世界各地を飛び回れそうなほど溌剌《はつらつ》としていた。

事実、旅行先でも誰よりも足が速く、添乗員を追い越して先に行くぐらいの勢いだったのだ。おかげで、身内の信太郎はたびたび恥ずかしい思いをした。

本来なら、母のエスコートは配偶者たる父の役割である。しかしながら、振り回されるとわかっていたからか、彼は仕事を休めないと拒んだそうだ。会社では役職付だし、無理強いはできないと母も諦め、我が子に白羽の矢を立てたわけである。

信太郎とて仕事がある。けれど、総務部に所属している彼は、部内では下から二番目に若い。そのため、主な仕事は雑用という身分に甘んじていた。

つまり、いてもいなくても、総務部の業務に支障はない。

間の悪いことに、今年度から有給は必ず使い切るようにと、上からのお達しがあったばかりだった。そのため、休暇の申請があっさりと通ってしまったのだ。

かくして、行きたくもない南米旅行に繰り出すことを余儀なくされた上に、金銭的負担まで強いられる羽目になった。

旅行会社への申し込みなどは、母親がすべてやった。旅行代金も当然出してくれるものと思っていたのに、手続きがすべて終わったあとで、自分のぶんのお金を振込むよう連絡してきたのである。

それも、一ヶ月分の給料を優に超える高額を。

望んだ旅行でもないのに、どうしてそこまで負担しなければならないのか。信太郎

は電話口で母親に文句を言った。ところが、

『冷たい子だねえ。親孝行のためなんだよ。そのぐらいのお金を出してもいいじゃないか』

と、逆に愚痴られてしまった。仕方なく、細々と貯めた虎の子の預金を泣く泣くはたいた。

かくして、貴重な時間とお金を奪われ、ついでに体力も著《いちじる》しく浪費した挙げ句、どうにか帰国してきたのである。

マチュピチュの空中都市やイグアスの滝などは、確かに素晴らしかった。こんな機会でもなければ、まず一生触れることはなかったであろう。

けれど、常に母親の重いバッグを持たされ、途中途中で買い求める土産物《みやげ》まで任された。さらに、その買い物のときも、覚束《おぼつか》ない英語で通訳をさせられ、もっと安くしろと値切らされ、精神的にもクタクタになった。美しい眺めを悠長に楽しむゆとりなどなかったのだ。

よって、自宅に戻って見慣れたはずの建物を見あげるなり、妙に感動してしまったのも無理はない。

信太郎が住んでいるのは、北多摩にある団地である。いかにも昭和ふうな外観が示

すとおり、築五十年以上も経っていた。いっそ、前世紀の遺物と呼んでもいいぐらいであろう。

もっとも、外壁は塗り替えられているし、台所やトイレ、浴室といった水回りを中心に内部も新しくなっている。また、和室が洋室に作り替えられるなど、今の時代に合わせた改装も為《な》されていた。

住んでいるひとびとも、最初に入居した世帯はあまり残っていない。ほぼ新しい世代に変わっている。

五階建てなのにエレベータがないなど、不便なところはある。それでも、都心から離れた静かな環境と、何より家賃の安さから、独身世帯の借り手も多かった。

信太郎も、家賃の安さからここを借りたクチである。３ＤＫと、ひとりで住むにはもったいないぐらいの広さも魅力的だった。

会社は新宿だから、通勤に少々時間がかかるのがネックか。しかし、その程度ならどうということはない。

実は、以前は自転車で通えるぐらい、会社に近いアパートに住んでいたのだ。当然ながら、家賃は今の団地よりもずっと高い。おまけに五畳のワンルームと手狭の上に、床が軋《きし》むほどにボロボロだった。

そのため、そこが取り壊されることになったのをいい機会に、昨年この団地に引っ越したのである。

（ああ、やっと帰ってきたぞ我が家よ。マイ・スイート・ホーム――）

大袈裟な感慨を胸に抱き、スーツケースをガラガラと引きずって自室のある棟に向かう。すると、建物の入口から父親と幼い息子のふたり連れが出てきた。

お隣に住む加々見《かがみ》さんだ。

「やあ、お帰りですか」

笑顔で声をかけられ、信太郎はペコリと頭を下げた。出発の前に、しばらく留守にしますと挨拶をしたのである。

「ただ今帰りました。留守中は、ご迷惑をおかけしました」

「ああ、いえ、ウチは何も。ご旅行はいかがでしたか？」

「まあ、楽しめたような、そうでもないような。母親の付き添いでしたので、正直、こき使われに行ったようなものです」

「でも、いい親孝行になったんじゃないですか？」

お隣のご主人は、話し好きで愛想がいい。信太郎も自然と頬が緩んだ。そして、彼も大きなバッグを手にしていることに気がつく。

「加々見さんもご旅行ですか？」

「旅行というか、遅い盆休みがようやく取れたもので、田舎に帰省しようかと思って」

「あれ、奥様はごいっしょじゃないんですか？」

「妻は家の片付けをしてから、明日出発する予定です。この子が早くお祖父《じい》ちゃんに会いたいというので、ふたりで早めに向かうことにしたんです」

そう言って、加々見氏が団地の建物を振り返る。つられて見あげた信太郎は、四階のベランダにいる女性に気がついた。

そこはお隣の部屋で、加々見氏の妻が、夫と息子を見送っていたのだ。

「それじゃ、先に行くよ、ママ」

夫が手を振ると、妻が笑顔で手を振り返す。そんなごく普通のやりとりにも、信太郎はときめいた。

(可愛いひとだな……)

信太郎の目は、お隣の人妻に引き寄せられた。

彼女の名前は涼子《りょうこ》である。年は三十三歳。本人から聞いたわけではなく、話し好きの夫が教えてくれたのだ。

二十八歳の信太郎より五つも年上ながら、小柄で童顔ということもあり、チャーミングな奥さんという形容がぴったりくる。ぱっちりした目が、笑うとびっくりするぐらいに細まるところなど、高校時代に好きだった女の子を思い出して、胸が苦しくなることもあった。

もちろん人妻だから、いくら惚れても無駄なのであるが。

「では、私はこれで失礼します」

加々見氏に挨拶され、信太郎は我に返った。

「ああ、お気をつけていってらっしゃい。タッちゃん、バイバイ」

就学前の四歳児に手を振ると、「バイバイ」と屈託なく手を振り返してくれる。お隣のお兄ちゃんに、彼も親しみを感じているようだ。

ふたりの背中を見送ってから、信太郎は建物に向かった。

視線を上に向けると、隣の奥さんはまだベランダにいた。夫と息子と、たった一日でも離れるのが寂しいのだろうか。

ところが、信太郎が見ていることに気がつくと、不意に表情を強《こわ》ばらせる。踵《きびす》を返し、さっさと室内に入ってしまった。

(あーあ……)

信太郎はやるせなくため息をついた。

加々見氏や息子のように、涼子は自分に対して笑顔を見せてくれない。顔を合わせても小さく頭を下げるぐらいで、話しかけてくることもなかった。

彼女に何かしたわけではないから、嫌われているのではなかろう。ただ、警戒されている感じがひしひしと伝わってくる。

もしかしたら、密かに好意を持っているのを気づかれたのだろうか。さっきみたいに見つめてしまうことが、これまでに何度もあったから。

そう言えば、団地に越してきて間もない頃、涼子がゴミ出しをしている場面に遭遇したことがあった。こちらにおしりを向けて屈んでいたものだから、ジーンズがぴっちりと張りついたヒップラインに釘付けとなったのだ。

そのとき、振り返った彼女とまともに目が合ったものだから、信太郎はうろたえ気味に挨拶をしたのである。あれで怪しまれたのかもしれない。

(だけど、いいおしりだったよな)

丸まるとしてかたちが良く、着衣でも人妻の色気が匂い立つようだった。あのあと、何度も思い返しては、オナニーのオカズにしたものだ。さすがにそんなことまでは、気づかれていないだろうが。

（そうか。涼子さん、今夜はひとりなんだ……）

この機会に仲良くなれたらいいのにと、叶《かな》うはずもないことを考えつつ、疲れた足を引きずって団地の階段を上がる。スーツケースの重さも腕や肩に響いた。

普段ならそうでもないのだが、こんなときにはエレベータが欲しいなと心から思う。眺めの良さから高い階を選んだのであるが、二階ぐらいにしておけばよかったと今さら後悔した。

どうにか四階の部屋に辿り着いたとき、信太郎は汗だくになっていた。

2

やはり疲れていたようで、部屋に帰るなりベッドに倒れ込む。信太郎はそのまま夕刻まで眠り込んだ。

（え、もう夜か？）

日が落ちてから、空腹で目を覚ました。ぐぅううっと、胃が不満の音を鳴らす。

普段はなるべく自炊をするようにしているのであるが、そこまでする元気も、買い置きの食材もなかった。やむなくコンビニに出かける。

（久しぶりの日本食なのに……）

それがコンビニ弁当なのをちょっぴり侘《わび》しく感じつつ、缶ビールと一緒に腹を満たす。そのあとシャワーを浴びて汗を流し、ようやくさっぱりした。

（さてと、荷物の整理をするかな）

短パンにTシャツというラフな格好で、スーツケースを開く。洗濯をしなければならない衣類を取り出したところで、そこに紛れていたものに気がついた。

「あ、母さんの土産じゃないか」

思わず声に出してしまう。それは南米の怪しい露店で買い求めたお香であった。

旅先でテンションが高くなっていたせいもあるのだろう、とにかく珍しそうなものを目にすると、母親は何でもかんでも手を出した。食事のときもそうだし、買い物も例外ではない。現地人以外には着こなせない服とか、原料の定かではないお菓子とか、日本家屋に飾っても違和感しか生じない置物とか、様々なものにお金を使った。

おかげで自分のスーツケースに入りきらず、荷物の半分近くを息子にあずけたのである。

空港に到着してから、それらの品々は母親に返した。彼女は宅配サービスのカウンターで段ボール箱を求め、そこに詰めて実家に送ったようである。

このお香も、母親にあずけられたもののひとつだった。

筒状のパッケージはサイケなカラーリングで、描かれている模様も、いかにもラリった芸術家の作というふう。一般人には手を出しづらい代物だ。

これは本当に麻薬でも仕込まれているのではないかと、信太郎は不安になった。そのため、万が一荷物をチェックされたときのことを考えて、衣類の中に紛れさせておいたのである。だから返し忘れてしまったのだ。

(まったく、こんな訳のわからないものを買うから……)

やれやれと思いつつ、信太郎は北関東の実家に電話をかけた。母親もすでに帰宅しており、長旅のあととは思えないほど元気な声だった。

「あのさ、あずかったお香を返すのを忘れてたんだけど」

『お香って?』

まったく見当がつかないという口振り。あれこれ買ったものだから、完全に忘れているようだ。

品物の説明をし、宅配便で送るからと告げたところ、

『そんなことしなくていいよ。わたしはいらないから、あんたが使いなさい』

と、母は無責任極まりない返答をした。

「いらないって、どうして？」

『変なものばかり買ってって、父さんに叱られたんだよ。空港から送った荷物が届いたら、また嫌な顔をされるだろうし、それはあんたのところに置いといて』

なんだそりゃと、信太郎はあきれた。まあ、父親が怒ったのは無理もない。

かくして、押しつけられたお香を眺め、信太郎はさてどうしようと腕組みをした。

とりあえずパッケージを開けてみると、中には極太の線香っぽいものが二十本ほど入っていた。色は赤と紫のまだらで、食べ物だったら間違いなく毒入りと判別されるであろう。

（大丈夫なのか、これ？）

本体までサイケな色使いだったものだから、さすがに怖《お》じ気づく。ただ、ほのかに漂う香りは悪くなく、どことなく甘美な趣《おもむき》すらあった。

（まあ、口に入れるわけじゃないから、見た目は関係ないか）

試しに使ってみようかという気になったのは、明日から仕事なのを思い出したためもあった。ひと眠りしたあとでも、旅行疲れはからだの芯にしつこく残っており、癒《い》やされたかったのだ。

とは言え、香炉なんて洒落《しやれ》たものはない。使い古したお皿をキッチンの棚から取り出し、五センチほどの長さに折ったお香に、ガス台で火を点けた。

白い煙をたち昇らせるお香を皿に載せ、居間に使っている部屋へ戻る。そこだけ床がフローリングで、ふたり掛けで脚のないローソファが、テレビの前に置いてあった。

（あ、窓を閉めた方がいいかな）

夜であり、近所迷惑になったら悪いかと、網戸にしていた窓を閉める。八月下旬でも、まだまだ暑かったのだ。

室内がもやもやと煙り、かぐわしさが満ちる。火を点ける前に嗅いだ香りよりも、官能的な成分が増したようであった。

（うん。けっこういいかも）

ソファに尻を据え、瞼を閉じる。漂うものを深々と吸い込むと、体内から漲《みなぎ》るものを感じた。

「おお」

自然と声が洩れる。目を開けると、目の前に煙の白い靄《もや》がかかっており、幻想的な気分に誘ってくれるようだ。

もうちょっと強い香りが愉《たの》しみたくなって、信太郎はお香を追加した。靄がいっそう濃くなり、けれど少しも苦しくない。鼻から煙を吸い込んでも咳き込むことはなく、目の痛みもなかった。むしろ癒やされて、まどろみそうであった。

パッケージは怪しいことこの上なかったが、なかなかいいものじゃないか。さすが南米と、あまり根拠のない感心をした。

とは言え、頭の片隅で、ひょっとしたらと訝《いぶか》るものがあったのも事実だ。

（これ、麻薬の成分が含まれていたりしないよな……）

そのせいでいい気分になっているのだとしたら、まずいのではないか。麻薬取締官に踏み込まれたら、一巻の終わりである。

そんなことを考えていたものだから、いきなりドアチャイムがピンポーンと音高く鳴り、心臓が止まりそうになった。

（ま、まずい！）

本当に逮捕されるのではないかと焦りまくる。ところが、

「関谷さん、加々見です」

女性の声が聞こえて（え？）となる。

（加々見って、お隣の涼子さん？）

時計を見ると、九時を回っている。お香を焚《た》いてから、いつの間にか二十分近く経っていた。

こんな遅くに何の用かと首をかしげたところで、すぐに思い当たった。

(あ、煙と匂いが、お隣にまで流れたのかも)

窓を閉めたものの、それで万全とは言えない。実際、隣の夕餉《ゆうげ》の匂いが、漂ってくることもあるのだ。壁に隙間などないと思うが、ドアの郵便受けあたりから外に漏《も》れ、隣室にまで届いた可能性がある。

つまり、これは苦情の訪問なのだ。

(ああ、まずかったなあ)

もともと避けられているフシがあるぶん、かなり文句を言われるのではないか。ここは謝り倒すしかないと覚悟を決めて、信太郎は玄関に出た。

「はい、何でしょうか」

用件がわかっていながら、ドア越しに訊ねる。すると、予想もしなかった言葉が返ってきた。

「実は、夕ご飯のおかずを作りすぎてしまって、おすそ分けに参りました」

これには、信太郎は狐につままれたようであった。

(え、おすそ分け?)

本当におかずを作りすぎたのだとしても、普段の素っ気ない振る舞いからして、涼子がわざわざ持ってきてくれるとは思えなかったのだ。
いや、明日には夫の実家へ赴くと聞いた。料理を残しておいたら傷《いた》んでしまうから
と、やむなく持参したのかもしれない。
だとしても、こんな遅い時刻にというのが解せない。夕食などとっくに終わってい
るし、それはお隣も同じだと思うのだが。
(待てよ。おれが寝てたときにも訪ねてきてたのかも)
ところが返事がなかったものだから、こうして出直したのではないか。とにかく、
苦情ではないとわかって安心し、信太郎はドアを開けた。
「あ――」
誰なのかわかっていたにもかかわらず、心臓がバクンと大きな音を立てる。隣の人
妻が、大きな瞳で真っ直ぐに見つめてきたからだ。
(ああ、やっぱり可愛い)
普段はまともに顔を向けてくれないのである。それが至近距離で美貌と向き合った
ものだから、ときめきが止まらなかった。半袖《そで》のシャツにジーンズと、いかにも普段
着という身なりながら、どんなドレスよりも輝いて見えた。
「あの、これを」

涼子が器《うつわ》を差し出す。大きめのそれには、肉じゃががてんこ盛りであった。

（いや、作りすぎたってレベルじゃないぞ）

夫と息子がいないとわかっていて、ここまで多量にこしらえるものだろうか。夫の実家へ持っていくためにというのなら、まだわかるのだが。

「あ、ありがとうございます」

戸惑いつつも受け取ると、彼女が小首をかしげた。

「やっぱり多すぎたかしら？」

「え？」

「ひとりだと食べきれないですよね？」

「あ、ええ、まあ」

たしかに、ひとりが一度に食べる量ではない。だが、冷蔵庫に入れておけば二、三日は持つだろう。夕飯も終わっているから、すぐご馳走になるつもりはなかった。

すると、またも思いがけない提案をされる。

「いっしょに食べませんか？」

「え？」

「晩ご飯は、もうとっくにお済みですよね」

「え、ええ」

「わたしもなんですけど、ちょっと小腹が空きましたから、お酒でも飲みながら食べませんか？」

意外すぎる誘いに、信太郎は軽いパニックに陥《おちい》った。

（どうして涼子さんが、おれとお酒を？）

密かに好意を寄せていた隣の奥さんだ。もちろん大歓迎である。しかし、これまでの愛想のない態度から一転、親しみをあらわにされても、素直に信じられなかった。

（ひょっとして、おれをからかってるんじゃないのか？）

喜びを表に出したら、本気にするなと突っぱねられるのではないか。もっとも、そんな意地の悪いことをするひととは思えなかった。

（もしかしたらツンデレってやつなのかも）

普段はやたらとツンツンして冷たいくせに、つれない素振りをしながらも甘えたり、優しくしてくれたりするというあれなのか。夫も子供もいないから、今のうちにと本心を見せている可能性もゼロではあるまい。

（つまり、涼子さんはおれを好きってことじゃないか！）

天にも昇る心地とはこのことだ。信太郎は浮かれまくり、

「は、はい。是非」

と、返事をした。

「それじゃあ、お酒も持ってきますね」

はにかんだ笑みを浮かべた人妻が、いったん自宅へ戻る。その前に、

「ダイニングよりはリビングの方がいいですよね。テーブルがあったら出しておいていただけますか？」

と、やけに色っぽい眼差《まなざ》しでお願いをされた。

信太郎はひゃっほうと叫びたいのを堪《こら》え、急いで居間に取って返した。

お香の煙と匂いが漂う中、普段テレビを見ながら一杯やるときに使う、折りたたみのローテーブルをソファの前に置く。その上に肉じゃがの器を載せた。

（これから、ここに涼子さんと並んでお酒を――）

ローソファはふたり掛けだから、ぴったりと身を寄せる感じになるだろう。酔って気分が高まったら、さらに親密な関係になれるかもしれない。

人妻との逢い引きに罪悪感を覚えなかったのは、冷たくされていた反動で、喜びが大きかったからだ。ついでに、股間も期待の膨張を示す。

ひとりの女性として、涼子に魅力を感じていたのは確かである。だからと言って、

男女の関係になりたいと、積極的に望んでいたわけではない。何しろ彼女には、優しい夫と可愛い子供がいるのだ。

しかしながら、信太郎も男である。誘われたら据え膳をいただくぐらいの助平根性はあった。

何しろ、生まれてこのかた、女性に縁のない生活を送ってきたから。

いちおう、恋人と呼べる女性がいたこともある。それは就職したあとで、同期入社の女の子と互いの悩みを話すうちに親しくなり、付き合うようになったのだ。

信太郎にとって、異性との交際はそれが初めてであった。

そのため、手を繋《つな》いだりキスをしたりといったタイミングが、さっぱりわからなかった。加えて、もともとヘタレで手を出す勇気もない。結局何もしないまま、数回デートをしただけで別れることとなった。要は愛想を尽かされたのだ。

一年後、彼女は先輩社員と電撃的に結婚し、退職した。信太郎は打ちのめされた気分を味わい、自棄《やけ》気味にソープランドへ行って初体験を済ませた。セックスは後にも先にも、その一度きりである。

以来、慰めてくれる恋人は右手のみだ。

そういう貧しい女性遍歴だったから、人妻とのアバンチュールを期待するのも無理からぬこと。自分は女性に惚れられるような男ではないと、ちょっと考えればわかるはずなのに。

ピンポーン――。

再びチャイムが鳴り、急いで玄関に出る。艶《つや》っぽい笑顔の隣妻の手には、清酒の四合瓶があった。

「日本酒は飲まれます？」

「はい。お酒は何でも好きです」

「よかった」

涼子を迎え入れ、居間に通す。すると、彼女が足を止めて眉をひそめた。煙がまだだいぶ残っていたのだ。

「あ、すみません」

慌てて腕を振り回し、煙を追い払う。お皿で燻《いぶ》していたお香は、あらかた灰になっていた。

「これ、何ですか？」

訝る顔つきを見せた涼子に、信太郎はしどろもどろで説明した。

「あの、お香を焚《た》いていたんです。旅行先の南米で買ったものなんですけど。あ、買ったのはおれじゃなくて母親で、荷物をあずかっていたのを返し忘れて、だけど母親がいらないと言ったものですから」

どうでもいいことをくどくどと述べたのは、怪しい煙だと思われたくなかったからだ。もっとも、彼女のほうはほとんど聞いていない様子で、悩ましげに小鼻をふくらませる。

「……これだったのね」

つぶやいたところを見ると、やはり匂いがお隣まで届いていたようだ。そのせいでクレームを入れられなかったのは、不幸中の幸いと言える。

いや、少しも不幸ではない。こうして愛《いと》しい人妻と、ふたりっきりで過ごせるのだから。

「ええと、日本酒だと盃がいいですか？」

訊ねると、涼子が首を横に振る。

「グラスでいいですよ。純米酒ですから、このまま常温で飲むのが美味《おい》しいんです」

どうやら、かなりいけるクチらしい。ならばと、信太郎はキッチンに行って、グラスや取り皿、箸《はし》を持ってきた。

彼女はすでに、ソファに腰をおろしていた。

柔らかな造りのそれは、人妻のヒップを深く沈ませる。座面が低いから、体育坐りみたいに膝が高くなっていた。もしもミニスカートだったら、隣に坐るだけでパンチラを拝めたのではないか。

などと、ついよからぬことを考えてしまう。

「さ、こちらへどうぞ」

涼子が横の空席を勧める。信太郎は胸を高鳴らせ、自分の部屋なのに「失礼します」と断ってから尻を下ろした。

安っぽいグラスに、薄ら琥珀《こはく》色の純米酒が注がれる。

「それじゃ、乾杯」

人妻が掲げたグラスに、信太郎は自分のものを軽くぶつけた。ほとんど夢見心地の気分で。

(ああ、こんな可愛いひとと、自分の部屋でいっしょにお酒が飲めるなんて)

まだ入浴前なのか、彼女はいかにも普段のままという、甘ったるい匂いを漂わせている。お香の幻惑的なフレグランスよりも、信太郎にはずっと好ましかった。思わず鼻を蠢《うごめ》かしてしまうほどに。

「さ、たくさん食べてくださいね」

涼子が取り皿に肉じゃがを盛ってくれる。

「はい。いただきます」

さっそく箸をつけ、人妻のお手製をいただく。具はジャガイモにニンジン、白滝にサヤエンドウと、ごくシンプルである。肉は豚バラのようだ。

薄味の出汁《だし》はそれほど染みていない。ただ、信太郎はあっさりしているほうが好みだったので、嬉々としてパクついた。

(夕飯のおかずに準備したんじゃなくて、作りたてみたいだな)

夫の実家に持参するためにこしらえたのか。だとすると、夕飯に作りすぎたというのは、単なる口実ということになる。

(やっぱり、おれと飲みたかったんだな)

いや、飲むだけでなく、さらに親密な関係を求めてではないのか。

情事への期待が否応なくふくらみ、股間の分身が小躍りする。それでも、直ちに抱きつくほどの度胸は持ち合わせていなかった。やはり女性に慣れていないのだ。

「美味しいです、とっても」

頬を緩ませて告げると、涼子も満足げにほほ笑む。お酒のグラスに口をつけ、淑《しと》やかに喉を鳴らした。

早くも頬が赤く染まっているのは、酔っているからなのか。いや、目が艶っぽく潤んでいるから、いよいよその気になっているのかもしれない。

おかげで、信太郎は息苦しさを覚えた。溢れそうな欲望を抑え込み、ごく普通の話題を探す。

「そう言えば、明日ご主人のご実家へ行かれるんですよね？」

訊ねてから、しまったと後悔する。アバンチュールがあるかもというときに、夫のことなど思い出させたら、浮気心が失せてしまうではないか。

しかしながら、彼女は少しも気分を害したふうではなく、「ええ」とうなずいた。

「そうなんです。ただ、ウチのひとは実家に帰るから気楽なんでしょうけど、妻の立場ではそうもいかないんですよ」

ちょっと憂鬱そうに眉根を寄せたから、あまり乗り気でないようだ。嫁姑の軋轢《あつれき》があるのだろうか。

まあ、そういうものがなくても、もともと他人だったところの家を訪問するのである。よっぽど社交的な人間ならまだしも、緊張するのは致し方あるまい。信太郎だって、仮にこの先結婚できたとして、奥さんの家へ行くことになったら、きっと気が重いであろう。

　すると、涼子が自虐的にこぼす。

「妻っていうか、もうママになっちゃったわけですけど」

　子供がいるのであり、彼女が母親なのはわかりきっている。どうしてわざわざそんなことを言うのか訳がわからず、信太郎は訊《き》き返した。

「それがどうかしたんですか？」

「息子にとって、わたしが母親なのは間違いないんですけど、ウチのひとにとってもわたしはママなんです。実際、呼び方も変わりましたから」

　夫婦がお互いをパパ、ママと呼び合うのは、普通に見聞きすることである。昼間も見送る涼子を、加々見氏は「ママ」と呼んでいた。

「それが不満なんですか？」

「そうですね。もう女として見ていないってことですから」

　人妻の発言が妙に生々しく聞こえて、信太郎はドキッとした。女という言葉に、性的なニュアンスが感じられたのだ。

「いや、そんなことはないでしょう」

「そんなことがあるんです。現に、もうずっと抱いてくれないんですから」

　それがセックスレスを意味することぐらい、信太郎にもすぐわかった。

彼女たち夫婦が結婚して何年になるのか、また、その前にどれぐらいの期間付き合ったのかはわからない。ただ、子供の年齢から逆算して、初めて親密な関係を持ってから、七、八年は経つのではないか。

だとすれば、セックスも数え切れないほどしているであろう。

(そうすると、倦怠《けんたい》期ってやつなのかな?)

そこまで長く女性と交際した経験のない信太郎には、言葉そのものは知っていても、少しも実感が湧かなかった。そして、もうひとつ納得できないことがある。

「だけど、涼子さんはこんなに魅力的なんですから、タッちゃんの母親になったぐらいのことで、女性として見られなくなるなんてことはないと思いますけど」

それは信太郎の素直な気持ちであった。ところが、お隣の人妻が驚きをあらわに目を見開いたものだから、大いにうろたえる。

(あれ、何か変なこと言ったっけ?)

自身の発言を反芻《はんすう》するあいだに、ただでさえ距離の近かった涼子が、さらに接近してきた。ほとんど身を乗り出すようにして。

「本当に、わたしを魅力的だって思う?」

「え?　あ、はい」

「ただのお世辞じゃなくって？」

「そんなことありません。おれは口下手でお世辞なんて言えませんし、涼子さんは本当に魅力的です」

きっぱり告げると、彼女がじっと見つめてくる。信太郎は息苦しさを覚えた。

（……まあ、おれなんかが魅力的だなんて言っても、べつに嬉しくはないか）

イケメン男性に言われたら舞いあがるであろうが、あいにくと自分は冴えない部類の男だ。あんたなんかに言われたくないと、興醒めしているかもしれない。

そんなことを考えて落ち込みかけたとき、予想もしなかった言葉が涼子の口から飛び出す。

「証拠は？」

「え、証拠？」

「わたしのことを魅力的だって感じる証拠よ」

信太郎は戸惑わずにいられなかった。そんなもの、どうやって証明すればいいというのか。

さらに、いつの間にか彼女がタメ口になっていたことにも気づく。まあ、向こうが年上だから、べつにかまわないのであるが。

（だけど、どうして急に変わったんだ？）

あるいは酔って、言葉遣《づか》いがくだけただけなのか。

「ええと、証拠って、何を見せればいいんですか？」

生真面目に訊ねると、不意に涼子が笑った気がした。それも、罠にかかった獲物を見つけたみたいに。

「あ、駄目──」

信太郎は抗《あらが》った。人妻の手が、いきなり股間に触れてきたのだ。けれど逃げ切れず、分身を短パン越しに摑《つか》まれた。

「ううう」

たまらず呻《うめ》き、膝をガクガクと震わせる。

涼子とのアバンチュールを期待し、尚かつ会話内容も露骨になっていたものだから、そこは猛々《たけだけ》しさをキープしていたのだ。おかげで、鼻息を荒ぶらせるほどに感じてしまう。

「あら、もう大きくなっていたのね」

驚いた顔を見せられ、頬が熱くなる。邪《よこしま》な感情を抱いていたことを、気づかれたと思ったのだ。ところが、

「うん、間違いないわね。これが証拠よ」

涼子が淫蕩《いんとう》に頬を緩める。

「え？」

「ここが硬くなってるのは、わたしに魅力を感じてるってことだもの」

いいように解釈されて安堵《あんど》する。情欲をあらわにしたペニスは、彼女にとって好ましいものだったらしい。

とは言え、これでは性的な魅力に限定されてしまうのではないか。現に、

「関谷さんは、わたしとエッチしたいのね」

と、ストレートなことを言われてしまった。しかも、問いかけではなく断定の口調で。

「あ、ええと、あの」

図星だったから否定できず、言い訳も出てこない。すると、

「よかった」

艶っぽい微笑を浮かべた人妻が、強ばりをモミモミと刺激する。信太郎は「くはぁ」と喘いでのけ反った。

「よ、よかったって？」

「だって、わたしもしたいんだもの」

「え？」

涼子は牡の高まりから一度手をはずし、信太郎の短パンを脱がせにかかった。

（い、いいのか……？）

望んでいた展開になったのに、信太郎は身を固くするばかりであった。やはり女性に慣れていないから、いよいよというときになって怖じ気づいたのだ。

「ほら、おしりを上げて」

言われるままに従えば、短パンとブリーフをまとめて奪われる。

ぶるん――。

猛る分身が、ゴムに引っ掛かって勢いよく反り返った。

（ああ、そんな）

下半身をまる出しにされ、恥ずかしさ以上に情けなさが募る。隣の奥さんに欲情した証《あか》しを、誰あろう本人に見られてしまったのだ。

けれど、涼子のほうは嬉しそうに、赤く腫れた頭部に視線を注ぐ。

「立派だわ」

惚れ惚れしたふうに言い、筋張った肉胴に指を巻きつけた。

「ああ、あ、くうう」

信太郎は堪えようもなく声を上げた。柔らかな手指で握られ、ペニスが溶けそうに気持ちよかったのだ。

「あん、すごく元気」

ビクンビクンと小躍りする肉器官に目を細め、人妻が握り手を上下に動かす。ふくれあがった快感が、経験の浅い男を窮地に追いやった。

「あ、だ、駄目」

「え？」

涼子はきょとんとした顔を見せたものの、射精しそうなのだと察したらしい。根元をギュッと強めに握った。おかげで、信太郎はかろうじて難を逃れた。

ただ、彼女の指はほどかれていない。快《こころよ》さは継続しており、また動かされたら一分と持たないであろう。

「もうイッちゃいそうなの？」

訝る眼差しを向けられ、信太郎は肩をすぼめた。

「す、すみません。そんなに経験がなくって」

ソープランドで一度しただけの素人童貞であるとは、さすがに言えなかった。

「それじゃあ、挿《い》れたらすぐに出ちゃうわね」

困った顔を見せられて、心臓が壊れそうに大きな音を立てる。

(やっぱりセックスするつもりなんだ)

願いが叶うのは大歓迎ながら、早々に昇りつめてしまっては、男としての自信を失いかねない。涼子だってがっかりするだろう。

すると、彼女が仕方ないというふうにうなずいた。

「いいわ。一度出して、すっきりしてちょうだい」

言うなり、手にした屹立《きつりつ》の真上に顔を伏せる。

「あああっ!」

信太郎はソファの上で尻をはずませた。亀頭を温かな中に含まれ、ちゅっぱッと舌《した》鼓《つづみ》を打たれたのだ。

(涼子さんがおれのを——)

フェラチオをされたのだと悟るなり、総身の震える歓喜が手足の先まで行き渡る。

同じことはソープランドでも経験した。けれど、お口のサービスが当然の風俗嬢ではなく、お隣の人妻に奉仕されているのだ。

夕食後にシャワーを浴びたから、それほど汚れてはいないはず。なのに、背徳感と罪悪感がぐんぐん高まった。

(いいのか、こんなことまでさせて？)

おかげで、ソープ嬢のテクニックと比較する余裕もなく、性感が急角度で上昇する。分身の根元で、悦楽の溶岩がフツフツと煮えたぎった。

(ま、まずい)

たちまち限界が迫ってきたものだから、信太郎は焦った。このままでは、彼女の口内にほとばしらせてしまう。

「だ、駄目です。出ちゃいます」

腰をよじって告げても、涼子はペニスを咥《くわ》えたままであった。そればかりか舌をピチャピチャと躍らせ、敏感な粘膜にむず痒《がゆ》さを強烈にした刺激を与える。

そのため、忍耐の手綱がたちまち緩む。

(涼子さんは、一度出してすっきりしろって言ったんだ。つまり、このまま射精してもいいってことなんだ)

だとしても、青くさい樹液で隣妻の口を穢《けが》すのは気が引ける。本当にいいのかというためらいは、目のくらむ快美感で打ち消された。

「あ、あっ、もう出ます。いく――」

オルガスムスの波濤《はとう》が、全身を包み込む。信太郎はハッハッと息を荒ぶらせ、めくるめく歓喜に意識を飛ばした。

びゅるんッ――。

熱い固まりがペニスの中心を貫く。宇宙の果てまで飛ばされる感覚を味わい、気がつけば多量のザーメンをドクドクと放っていた。

（ああ、すごく出てる……）

体内のエキスをすべて吸い取られるかのよう。実際、涼子は肉根が脈打つのに合わせて、亀頭を強く吸っていたのだ。さらに、口からはみ出した筒肉も、指の輪でこすってくれる。

おかげで、信太郎は最後の一滴を出し切るまで、蕩《とろ》ける悦《よろこ》びにひたった。

3

ローソファの低い背もたれに身をあずけ、信太郎は絶頂の余韻にひたった。胸を大きく上下させ、深い呼吸を繰り返す。

「気持ちよかった？」

涼子が顔を覗き込んでくる。イッたあとで焦点の合いづらい目にも、彼女は相変わらずチャーミングに映った。欲望が鎮《しず》まっても、印象が変わることはない。

むしろ、献身的な奉仕に感激して、ますます好きになった。

(あれ、待てよ?)

不意に重要なことに気がつく。口内発射されたものを、隣の人妻が吐き出した形跡がなかったのだ。

「え、涼子さん?」

そのことを確認しようと名前を口にしただけで、彼女は察したようである。

「信太郎さんの精液、とっても濃くて美味しかったわ」

艶めきを湛えた微笑に、胸の鼓動が大きくなる。あの生ぐさくてドロドロした体液を飲み干したのだ。

「す、すみません」

居たたまれずに頭を下げると、涼子が「どうして?」と首をかしげる。

「だ、だって、無理なことをさせたから」

「無理なんてしてないわ。わたしが信太郎さんのを飲みたかったから飲んだのよ」

思いやりが溢れる言葉に、信太郎は感激した。苗字ではなく、名前を呼んでくれることにも、恋心がふくれあがる。

(ああ、涼子さん、大好きです)

彼女が人妻でもかまわない。一生ついていきますと、すっかり虜《とりこ》にさせられた。

「だけど、小さくなっちゃったわね」

落胆した面持ちを見せられてハッとする。下半身を確認すれば、ペニスは先端に半透明の雫《しずく》を光らせ、うな垂れていた。おまけに、包皮が半分近くも亀頭を覆っている。

半包茎のみっともない姿に羞恥が募る。もっとも、涼子が気にしたのは、そんなことではないらしい。

「これ、もう大きくならないのかしら」

萎《な》えた秘茎を二本の指で摘まみ、包皮をそっと剝《む》く。

「ううう」

くすぐったい快さが生じたものの、そこは変化を見せなかった。人妻が小さくため息をこぼしたのは、これでは結合が果たせないと思ったからだろう。

信太郎とて、このまま終わらせるつもりはなかった。人生で二度目のセックスができる、せっかくのチャンスなのである。素人童貞からも脱却できるのだ。

「いえ、ちゃんと大きくなります」

声を震わせて告げると、涼子が半信半疑の眼差しを向けてくる。

「本当に？」

「はい。あの、おれも涼子さんに同じことをして昂奮《こうふん》すれば」

「同じことって？」

「おれ、涼子さんのアソコが舐《な》めたいです」

思い切って申し出ると、彼女がうろたえたふうに目を泳がせた。アソコがどこなのか、すぐに理解したようである。

「そ、そんなこと——」

ためらいが表情に浮かぶ。その一方で、目がやけにきらめいているようだ。

(涼子さんも舐められたいみたいだぞ)

人妻の欲望を察して、信太郎は昂《たか》ぶった。だったら、ここは男として強く出るべきではないのか。されるがままでは、いつまで経っても成長できない。

「いいですよね」

思い切って声をかけ、彼女の下半身に手をのばす。ジーンズの前を開こうとしても、拒まれることはなかった。

それどころか、自ら指を添え、硬いボタンをはずすのを手伝ってくれたのだ。

（やっぱりされたいんだ）

全身が熱くなるのを覚えつつ、ジーンズに手をかける。涼子は言われずともヒップを浮かせて協力した。

さらに、ジーンズを引き下ろすときに少しずれたパンティも、自ら脱いでしまう。積極的な行動は、クンニリングスを求めている証拠だ。

それでも、信太郎と同じく下半身すっぽんぽんになると、頰を赤らめて恥じらった。人妻としての慎みも忘れてはいない。

「恥ずかしいわ」

両手を太腿《ふともも》のあいだに挟み込み、肩をすぼめる彼女は、胸が締めつけられるほどに愛らしい。五つも年上の三十三歳だなんて信じられないほどに。

それでも、肉づきのいい腰回りや大腿部は、成熟した色香をぷんぷんと放つ。いや、実際になまめかしい肌の香りをたち昇らせているようだ。

（うう、色っぽい）

縮こまっていたはずの分身が、徐々に重みを増すのを感じる。これならば秘苑を目にするまでもなく、勃起するかもしれない。

そもそもアソコを舐めたいと申し出たのは、人妻の秘められたところを見たいという、単純な欲求からであった。もちろん、彼女を感じさせたい気持ちもあるが、それよりは己《おのれ》の欲望を優先して望んだのだ。

よって、早々にエレクトしてしまっては、すぐさま結合をねだられ、性器を見せてもらえない恐れがある。そうならないよう、信太郎は海綿体の充血を理性で阻止した。

(もうちょっと我慢しろよ)

自身に命じて、涼子の前に膝をつく。膝を離そうと両手をかけたところで、彼女がよりセクシャルな提案をした。

「あ、待って。わたしだけが舐められるのは恥ずかしいから、いっしょにしない？」

「え、いっしょ？」

「信太郎さんが、ここに寝てちょうだい」

要領を得ないまま、言われたとおりソファに横たわる。ふたり掛けだから、脚がだいぶはみ出してしまった。

すると、涼子が上に被さってくる。しかも、重たげなヒップを信太郎の顔に向け、胸を跨《また》いだのだ。

それにより、シックスナインをするつもりなのだと理解する。だが、その行為以上に信太郎を大いにときめかせたのは、目の前に迫った熟れ尻であった。

（ああ、素敵だ）

かつて、ジーンズに包まれたそこに見とれたときのことを思い出す。剝き身の今は、あれ以上に煽情《せんじょう》的だった。

おまけに、手をのばせば届くどころか、頭をもたげるだけで密着できる距離にあるのだ。

いかにもお肉が詰まっていそうな臀部《でんぶ》は、卵をふたつ並べたみたいな綺麗なかたちをしている。肌も見るからにすべすべで、触れる前から極上のさわり心地が想像できた。

そして、ぱっくりと割れた中心には、目にしたくてたまらなかった淫靡《いんび》な苑《その》があった。

（これが涼子さんの――）

長めの秘毛が囲む肉割れは、小さめの花びらがはみ出していた。縁の部分を濃いめに色づかせたそれはほころんで、狭間《はざま》に透明な蜜をまぶした桃色の粘膜を覗かせる。いやらしくも胸ときめく光景だ。

初体験の相手であるソープ嬢は、年齢は今の信太郎と同じぐらいで、二十代の後半であったろう。仕事柄かビキニラインを処理しており、ヘアは短めに整えられていた。

ただ、陰部は肌の黒ずみが目立ち、肉厚な小陰唇のはみ出しも大きかった。

涼子の秘部は、全体にちんまりした印象だ。あのソープ嬢よりも年上とは思えない、いたいけな感じもあった。

手入れなどしていなさそうな陰毛も、男が女性のすっぴんに惹かれるのと一緒で、好感が持てる。谷底にひそむ桃色のアヌスも、放射状のシワが目立たない可憐な佇《たたず》まい。排泄口であることを忘れて見入ってしまう。

女性器の画像や動画は、今ならネットでいくらでも目にすることができる。それらと比べても、目の前のものはずっと綺麗だし、妙にそそられる。やはりモニターに映し出されたものが、実物を凌ぐことはないのだ。

加えて、男心を揺さぶるパフュームにも劣情を煽《あお》られた。

(やっぱりお風呂に入る前だったんだな)

人妻の蜜園が漂わせるのは、汗に乳製品を混ぜ込んだみたいな生々しいものであった。ソープ嬢のそこは石鹸とローションの人工的な匂いしかしなかったから、あからさまな女陰臭をかぐのは、これが初めてなのだ。

いっそ動物的な趣さえあるものの、不快感はゼロである。なぜなら、愛しいひとの正直なかぐわしさなのだ。彼女の秘密を知り得た気分になり、胸がはずむ。

信太郎は鼻を蠢かせた。それでは足りずに頭をもたげ、放たれる淫臭を間近で深々と吸い込む。それが脳に充満するのを覚え、頭がクラクラした。

そのとき、たわわな尻肉が緊張したみたいに強ばる。

「あ、待って。シャワーを貸してちょうだい」

欲望に駆られて相互舐め合いの体勢になったものの、秘部を洗っていないことを思い出したらしい。あるいは、信太郎がそこらを嗅ぎ回っているのに気がついて、まずいと悟ったのか。

しかしながら、これはまたとないチャンスだ。女性に縁のなかった男が、みすみす逃すはずがない。

（あ、駄目）

離れようと浮きかけた艶尻を両手で捕まえ、自分のほうに引き寄せた。

「キャッ」

涼子が悲鳴を上げる。不安定な姿勢だったものだからバランスを崩し、信太郎の顔に坐り込んだ。

「むうう」

柔らかな重みを顔で受け止めれば、もっちりした感触が快い。陰部に口許《くちもと》が密着したことで、濃密さを増した恥臭が鼻腔になだれ込んだ。

(ああ、すごい)

強烈な女くささに、頭の芯が痺れる心地がする。総身が震えるほどに昂ぶり、信太郎は鼻をフガフガと鳴らした。

「だ、ダメぇ。ニオイ嗅がないでっ!」

人妻が咎め、身をよじる。男の顔から離れようと暴れても、がっちりと捕まえられては不可能だ。

「イヤイヤ、ダメなの。そこ、汚れてるの。くさいのよぉ」

涙声で非難したから、自身の中心があられもない臭気をこもらせていると、彼女も自覚しているようだ。それから、すでに濡れていることも。

もちろん信太郎は汚れているとも、くさいとも思っていなかった。尻ミゾに顔を埋めるほどに密着し、お肉のぷりぷり感と合わせて官能の心地にひたる。

(素敵だ、涼子さんのおしり)

いっそのこと、彼女の椅子になってもいいとすら思えた。

「え、ウソ」

不意に、涼子が驚きの声を洩らしたものだから、ドキッとする。

（え、何かあったのか？）

ひょっとして、椅子になりたいなんてマニアックな願望がバレてしまったのか。あり得ないことを考えたところで、ペニスに柔らかな指が巻きついた。

「むふぅ」

気持ちよさに身悶え、太い鼻息を人妻の陰部に吹きかける。

「もう大きくなっちゃったの？」

言われて、ようやく気がつく。分身が復活して、猛々しい脈打ちを示していることに。女芯を目の当たりにしたのもさることながら、正直なフレグランスに心を奪われたことが大きかったろう。

そのことは彼女も悟ったようである。

「わたしのくさいオマンコに昂奮したの？　ヘンタイなんだから」

辱《はずかし》めを受けた仕返しか、忌《い》ま忌ましげになじる。そんなことよりも、憧れの女性が禁じられた四文字を口にしたことのほうが、信太郎には衝撃であった。

（涼子さんがそんなことを言うなんて！）

驚くと同時に、別の意味でもドキドキさせられる。

ともあれ、妙な趣味があると誤解されるのは心外だ。ここは行為を進展させるのが得策だと、信太郎はヌメった秘芯に舌を差し入れた。

「あひッ」

涼子が鋭い声を洩らし、尻の谷をキュッとすぼめる。まだ舐めるとまではいっておらず、舌が粘膜に触れただけで感じたらしい。

（けっこう敏感みたいだぞ）

いや、クンニリングスをされたい気持ちが、それだけ高まっていたためかもしれない。そのせいで、秘め園の匂いを暴かれた羞恥を凌駕するほどに、快感の反応が鋭かったのではないか。

何にせよ、感じてくれるに越したことはない。経験の浅い身でも女性を歓ばせることができたら、セックスに対する自信にも繋がるだろう。

信太郎は舌を動かし、内側に溜まった蜜汁を掬《すく》うように舐めた。

「あ、あっ、いやぁ」

涼子がよがる。もっちりヒップが、顔の上でぷりぷりとはずんだ。

経験が少ないぶん、女体や性行為に関して、信太郎は勉強を欠かさなかった。要は趣味と実益を兼ねたようなものであり、オナニーのオカズを求める中で、自然と知識が身についただけなのであるが。

それでも、女性の感じるポイントがどこにあるのかぐらいは知っている。クリトリスという名称も含めて。

(ええと、ここだよな)

割れ目の恥丘側、フードみたいな包皮がはみ出した内側に、小さな肉芽があるはずだ。そこを狙って舌を躍らせると、人妻があられもない声をあげた。

「あああ、そ、そこぉ!」

内腿の付け根で、信太郎の頭を強く挟み込む。唇が触れる淫唇が、せわしなく収縮するのがわかった。

(やっぱりここだ)

ストレートな反応が嬉しくて、いっそうねちっこく秘核を吸いねぶる。

「ダメダメ、そこ、弱いのぉ」

ウィークポイントであることを自ら暴露し、涼子は縋《すが》りつくように屹立を強く握った。愛撫する余裕などないらしく、亀頭の間近で息をはずませる。温かな風が粘膜に当たり、信太郎はゾクゾクした。

尻割れに嵌《は》まり込んだ鼻の頭が、アヌスに当たっている。そこも気持ちよさげにすぼまるのがわかった。

残念ながら、用を足した残り香はなかった。団地のトイレは改装され、温水洗浄も完備されているから、いつも綺麗に洗っているのだろう。

そのことを残念だと感じていることに気がつき、信太郎はさすがにあきれた。

(いや、それはさすがに変態すぎるだろう)

ただ、湿った臀裂内は蒸れた汗の匂いが強く、ツンと刺激的でもある。これだってまず嗅げないものであり、彼女の夫だって知らないのではないか。

(涼子さん、旦那さんとするときには、ちゃんとシャワーを浴びてそうだものな)

印象で決めつけ、夫よりも近い存在になれたと内心で得意がる。だったら味見もしてみようと、舌を秘核から移動させた。

ペロリ——。

ひと舐めするなり、可憐なツボミが磯《いそ》の生物みたいにすぼまる。

「キャッ」

悲鳴が聞こえ、臀部の筋肉が強ばった。

「バカぁ。き、キタナいのにぃ」

涼子は非難しながらも、ねぶられるままになっていた。わずかに塩気がある秘肛も、気持ちよさそうに収縮する。

（ここも感じるみたいだぞ）

腰もくねくねして、もっとしてとねだっているかのよう。事実、

「うう……あ、あのひとだって、そこは舐めてくれないのに」

と、感激した声音《こわね》のつぶやきが聞こえた。

（あのひとって、旦那さんのことだよな）

妻にクンニリングスはしても、さすがにアナル舐めはしないのか。ただ、涼子のほうはしてもらいたかったフシがある。

信太郎とて、シックスナインの体勢になったときは、ここまでするつもりはなかった。好きな女性のすべてを知りたくて行なっただけなのだ。

秘めたリクエストに応え、肛穴の中心をほじるように舐める。すると、それ以上の侵入を拒むように、括約筋が強く締まった。

「そ、そんなにしないで」

切なげな声に、嫌がっている響きはない。ただ、強くするよりも、優しく舐めたほうが気持ちいいらしい。

（こうかな？）

舌先でチロチロとくすぐると、「くぅうーン」と甘えた呻きが聞こえた。

「もう……いけないひとね」

なじる声も艶っぽい。やはりこのほうがより感じるらしい。

汗の匂いと味がなくなるまで丹念に舌を使うと、涼子は達したわけでもないのにぐったりとなった。握った屹立の根元に顔を伏せ、ハァハァと呼吸をはずませる。信太郎の鼠蹊《そけい》部が温かく蒸らされた。

いやらしいことを続けざまにされて、心が参ってしまったのか。これからが本番なのにと、仕方なく秘肛の舌をはずす。そもそも、そこだけを舐めても絶頂しないであろうから。

さんざんねぶられたツボミは、元の桃色が赤みを強くしている。唾液に濡れていることもあり、やけに生々しい。

そして、視線を落とせば、恥割れはさっきまで以上にしとどになっていた。

(うわ、すごい)

溢れた愛液が一帯を濡れ光らせ、陰毛も黒みを増して肌に張りついている。それこそハチミツでも垂らしたみたいだ。

アヌスへの刺激で、ここまでになるなんて。ぐったりしたのは、気持ちよくてもイケなくて、焦《じ》らされすぎたせいかもしれない。だとしたら可哀想だ。

（ごめんなさい、涼子さん）

心の中で謝り、信太郎はお詫びのつもりで濡れ割れに口をつけた。溜まっていた蜜をすると、艶腰がガクンとはずむ。

「あひぃッ！」

鋭い嬌声《きょうせい》がほとばしり、熱を持った女芯が新たな蜜を溢れさせた。燻《くすぶ》っていたものが、一気に燃えあがったかのように。

敏感なところを狙って舌を躍らせると、人妻は身をよじって乱れた。

「イヤイヤ、か、感じすぎるぅっ」

息を荒ぶらせ、手にした勃起に両手でしがみつく。快さが広がったものの、それで昇りつめる心配はなさそうだ。

おかげで、豊かな心持ちにひたって、口淫奉仕に集中できる。

ぢゅぢゅぢゅぢゅッ――。

粘っこいラブジュースを、音を立ててすする。

「くうぅうっ、そ、そんなに吸っちゃダメぇ」

恥じらいつつもよがる涼子は、恥割れをきゅむきゅむとせわしなくすぼめる。まるで、信太郎の舌を捕まえようとするみたいに。

もちろん、そんなことができるわけはない。敏感な肉芽や粘膜を、好き放題にねぶられてしまう。

「あ、ああっ、こ、こんなの初めてぇ」

悩乱の声に励まされ、舌づかいが激しくなる。クリトリスを重点的に責めると、熟れた下半身のわななきが著しくなった。

「だ、ダメ……イキそう」

いよいよ昇りつめそうなのだとわかり、信太郎は俄然張り切った。

(もう少しだぞ)

舌の根が痛くなるのもかまわず、ピチャピチャと大きく律動させる。硬くなってふくらんだ秘核をはじくと、たわわなヒップがビクッ、ビクンと痙攣した。

「あ、ホントにイク」

告げるなり、涼子は半裸のボディを強ばらせた。

「う——ううっ、ああ……」

総身を細かく震わせたあと、がっくりと脱力する。

(え、イッたのか?)

あっ気ない幕切れに、信太郎は虚を衝《つ》かれた。アダルトビデオで目にする派手なオルガスムスと違っていたからだ。

もっとも、そのぶん芝居がかっておらず、妙にリアルだったのも確かである。

（おれ、涼子さんをイカせたんだ）

初体験のソープ嬢はビジネスライクに事を進め、なまめかしい声こそあげたものの、いかにも演技っぽかった。当然ながら、絶頂になど至らない。

よって、信太郎が女性を頂上に導いたのは、これが初めてであった。

感激を胸に口をはずすと、ヌメッた秘芯は全体に腫れぼったくなっている。皮膚の色も赤みが強い。ほころんだ花弁の狭間に見え隠れする膣口は、牡を求めるみたいに息吹いていた。

（挿れたい——）

彼女に握られた肉根を、気持ちよさげなそこにぶち込みたいと、荒々しい衝動が湧きあがる。とは言え、脱力した人妻が上に乗ったままでは、如何ともし難い。オルガスムスの余韻にひたる彼女を、無理にどかすのも気の毒だ。

焦れったさを覚えつつ、分身を虚《むな》しく脈打たせていると、涼子がようやくもぞもぞと動く。

「ンう……」

小さく呻き、ゆっくりと信太郎の上から離れた。

「はあ」

ソファの前にぺたんと坐り、大きく息をつく。アクメの名残か、顔つきがいっそう和《やわ》らいで、色気が増していた。

「だいじょうぶですか？」

信太郎も身を起こして訊ねると、トロンとした眼差しが見つめてくる。

「……イッちゃった」

つぶやくように言ったあと、ハッとしたように頰を紅潮させた。

「ま、まったく、何てコトするのよ！」

叱られて、信太郎は戸惑った。クンニリングスで絶頂させたことかと思えば、

「くさいアソコだけじゃなくて、おしりの穴まで舐めるなんて。どうかしてるんじゃないの⁉」

憤慨の面持ちを見せられ、反射的に「す、すみません」と謝ったものの、納得しがたい部分もある。

（いや、だけど、おしりの穴を舐められて感じてたじゃないか）

さらに、そうされたかったようなことまで言ったのだ。

しかしながら、相手は年上である。あまり苛《いじ》めては可哀想だし、ここは彼女を立てることにして反論しなかった。

すると、涼子が気まずげに顔をしかめる。

「まあ、気持ちよかったから、許してあげるわ」

勿体《もったい》ぶった言い回しに、信太郎は悟った。フェラチオをされてすぐに射精するような、経験の浅い年下にイカされたことが照れくさいのだと。

(やっぱり可愛いところあるよな)

ほほ笑ましくて、つい頬が緩む。

「なによ?」

睨まれて、首を縮める。すると、彼女に腕を摑まれた。

「ほら、立って」

「え?」

「まだ終わってないのよ」

言われて、股間のイチモツがビクンとしゃくり上げる。

(そうか。これからいよいよ涼子さんと——)

セックスするのだと、胸が大きくふくらむ。

涼子は小さなソファを改めて観察し、唇を歪めた。ここだと交わりづらいと思ったようだ。

「ねえ、いつも寝ている部屋はどこ？」

「あ、こっちです」

隣の和室にふたりで移動する。午後に眠ったから、蒲団《ふとん》が敷きっぱなしであった。

「うん。こっちがいいわ」

うなずいて、彼女がシャツを脱ぐ。ブラジャーもはずして、一糸まとわぬ姿になった。

（ああ、綺麗だ）

均整の取れた人妻のヌードに、信太郎は見とれた。着やせするらしく、乳首がツンと上向いた乳房も、なかなかにボリュームがあった。

涼子がシーツの上に横たわる。女性らしい淑やかな動作を、うっとりして見守っていると、彼女がこちらを見あげて眉をひそめた。

「ほら、あなたも早く脱いで」

「え？あ、はい」

慌てて上半身を脱ぎ、素っ裸になる。

「失礼します」

いそいそと蒲団に膝をつくと、涼子が手をのばし、反り返る男根を握った。

「あうう」

快美に腰を震わせる間もなく、上になるよう無言で促される。彼女が両膝を立てて開き、信太郎はそのあいだに腰を入れた。正常位で交わるのだ。

「ほら、ここよ」

ペニスが中心に導かれ、先端が熱い潤みに触れる。そこはねぶられて達したあとも、新たな蜜汁を滲ませていたらしい。上下に動かされる亀頭がヌルヌルとすべり、しっかり潤滑された。

（いよいよだ）

人生で二度目のセックス。いや、これが本当の初体験なのだと、信太郎は期待に胸をふくらませた。

「あん、オチンチン、すごく硬い」

つぶやいた涼子が、悩ましげな面差しを見せる。濡れた目には、淫靡な光が宿っていた。

（涼子さんもしたいんだ）

ふたりの気持ちは一緒なのだと理解し、挿入前から喜びが全身に満ちる。

「ね、来て」

「はい」

うなずいて、腰をそろそろと進める。丸い頭部が濡れ割れに入りかけたところで、筒肉に絡んだ指がはずされた。

（よし）

むんと鼻息をこぼし、柔穴に分身を侵入させる。膣口の狭まりを亀頭の裾野が乗り越えるなり、人妻が「あふン」と喘いでのけ反った。

同時に、入口がキュッとすぼまる。

「ううう」

敏感なくびれを締めつけられ、軽く目がくらむ。早くもだいぶ高まっているようだ。

（今度はすぐに出すなよ）

自らを戒《いまし》め、残り部分を埋没させる。内部のヒダがニュルニュルと快い刺激を与え、危うく果てそうになったのをぐっと堪えた。

「ああーん」

艶声をこぼした涼子が、下から抱きついてくる。掲げた両脚を牡腰に絡め、強く引き寄せた。

それにより、ふたりの陰部がぴったりと重なる。

（ああ、入った）

ペニス全体が、媚肉にぴっちりと包まれている。しっかり繋がったことを自覚し、信太郎は涙ぐみそうになった。愛しいひとと結ばれたのであり、童貞を卒業したとき以上に感激した。

「あん、いっぱい」

年上の人妻が、悩ましげに眉根を寄せる。かぐわしい吐息が、顔にふわっとかかった。それだけふたりの顔が接近していたのだ。

（キスしたい……）

蠱惑《こわく》的な唇に、身も心も惹かれる。しかし、さすがにそれはまずいかと躊躇《ちゅうちょ》したのは、ソープランドでの初体験のとき、くちづけを求めたら断られたからだ。あとで調べたら、ヘルスなどでもキスをさせてくれない風俗嬢がけっこういるらしい。

よって、セックスは体験しても、信太郎の唇は清らかなままだった。

涼子も夫や息子がいるのであり、からだは許してもキスまでは無理そうだ。こんなに好きなのにと落胆しかけたとき、いきなり頭をかき抱かれる。

（え？）

唇に当たる、ふにっとしたもの。ほんのり湿ったそこから、温かな空気が洩れている。

それが彼女の唇であると気がつくのに時間がかかったのは、信じ難かったからだ。

（おれ、涼子さんとキスしてる！）

ようやく実感するなり、舌がぬるりと差し込まれた。甘酸っぱい吐息と、甘い唾液を連れて。

信太郎はふんふんと鼻息をはずませ、無我夢中で人妻の唇を貪った。いつか恋人ができたら、こんなふうにキスしたいと考えたことなどすべて頭から消し飛び、ほとんど本能のままに深いくちづけを交わした。

ぴちゃ……チュッ——。

口許からこぼれる音を、どちらがこぼしているのかはっきりしない。ふたりの舌が戯《たわむ》れあっていたから、きっと両方なのだ。

（ああ、美味しい）

トロッとした唾《つば》は、まさに甘露の味わいだ。性器で繋がった以上に、涼子と親密に結ばれた気がする。全裸でしっかりと抱き合い、肌のぬくみとなめらかさも感じているから、いっそう官能的な心地にひたれるのだろう。

そうやって初めてのくちづけに歓喜し、心から堪能したせいで、膣内の分身も終末に近づく。ほとんど動いていなかったにもかかわらず。

（あ、まずい）

悟ったときにはすでに遅く、めくるめく愉悦《ゆえつ》に全身が震えた。

「む──むふッ、むううう」

太い鼻息をこぼし、腰をガクガクとはずませて呻く。フェラチオをされたときと一緒で、少しも堪え性がなかったのだ。

そうしてドクドクと精を放ち、間もなく訪れた倦怠感に手足から力が抜ける。

「はふ……」

大きく息をついたところで、涼子の唇が離れた。

（……まったく、おれってやつは）

またも早々に噴きあげて、自己嫌悪が募る。せっかく憧れのひとと結ばれたというのに、こんな終わりを迎えるなんて。

ところが、彼女が色っぽい目で見つめ、にんまりと白い歯をこぼしたものだから、あれっと思う。

「キスって気持ちいいよね」

同意を求められ、「はい」と返事をする。ファーストキスを奪ったとは、想像もしていない様子だ。

それから、信太郎がすでに射精したことも。

幸いなことに、甘美な締めつけを浴びる陽根は、力強さを保っていた。それだけ人妻の中が快い証拠であり、二度も放ったことで勃《た》ちグセがついたのかもしれない。

だったら萎える前にと、信太郎はすぐさま抽送《ちゅうそう》を開始した。

「あ、あ、あ、あん」

女芯を勢いよく突かれ、涼子が首を反らして喘ぐ。愛液とザーメンが攪拌《かくはん》され、結合部がちゅぷちゅぷと淫らな音を立てた。

(うう、よすぎる)

射精直後で過敏になった亀頭を柔ヒダでこすられ、強烈な快感が生じる。腰が砕けそうになるのをどうにか堪え、信太郎は規則正しいピストンに徹した。

「ああ、あ、気持ちいい。オマンコ溶けちゃう」

またも卑猥な単語を口にされ、腰づかいが勢いづく。達したばかりとは信じられない勢いを保つ肉槍《にくやり》を、浅く浅く深くのリズムで突き挿れた。そうされると女性がより感じると、どこかの本に書いてあったのだ。

実際、涼子は髪を振り乱してよがりまくった。

「あああ、それいいッ。もっとぉ」

途中、再び信太郎の頭を抱き寄せ、唇を奪う。キスによって、性感がいっそう研ぎ澄まされたようだ。

「むふっ、むふぅ、ふむむむぅッ！」

小鼻をせわしなくふくらませ、舌もペニスも深く受け入れる。口許はこぼれる唾液でベトベトになり、股間はそれ以上に濡れまくっていた。

「ぷは――」

涼子がくちづけをほどく、今にも泣きそうに濡れた目は、焦点を失っているかに見えた。

「ね、ね、イキそうなの」

甘えた声音で告げ、裸身をヒクヒクと波打たせる。

「いいですよ」

自身はとっくに果てたことを包み隠し、余裕綽々《しやくしやく》を装って告げる。すると、彼女が惚れ直したとばかりに、蕩けた面差しを見せた。

「ごめんね。あ、あああ、イクの、イッちゃう」

クンニリングスで昇りつめたときとは違っていた。涼子は裸体をくねらせ、「イクッ、イクッ」と何度もアクメ声をほとばしらせる。さらに、最後の瞬間には背中を浮かせてのけ反り、

「イクイクイク、あふっ、ふうううう、くはッ！」

と、深い息を吐き出して、全身をヒクヒクとわななかせたのである。

「——ふう、ふは……はああ」

脱力した人妻が、力尽きたように手足をのばす。なまめかしく蠢く女膣が、未だ猛りっぱなしのペニスをゆったりした悦びにひたらせてくれた。

一度目は口に、二度目は膣奥にと、信太郎はすでに二度も絶頂を味わっている。それも、かなり深い悦びを伴ったものを。

にもかかわらず、分身はせっかくのチャンスだとばかりに、浅ましく三度目の放精を求めていた。

(べつにかまわないよな。涼子さんだって、おれがさっきイッたのを気づいていないみたいだし)

ぐったりした女体の上で、信太郎は前後運動を再開させた。

「うう……」

涼子が小さく呻き、うるさそうに顔をしかめた。それにもかまわず強ばりの出し挿れを続けていると、整いかけていた呼吸が切なげにはずんできた。

「もう……イッたばかりなのにぃ」

どうやら、しばらく休ませてほしいらしい。だが、信太郎のほうはおさまりがつかなくなっており、しつこく抽送を続けた。

(うう、気持ちいい)

男女の体液で満たされた狭窟で、勃起をヌルヌルとこすられるのは、身をよじりたくなるほどに快い。自然と腰づかいが荒々しくなる。

「あ、あ……あふぅ、う、ふむぅうン」

洩れ聞こえる喘ぎが艶めきを帯びる。表情からも苛立《いらだ》ちが消え、いやらしく蕩けてきた。

「ううう、し、信太郎さんのエッチぃ」

甘えるみたいになじられて、愛しさが募る。信太郎は我慢できず、今度は自分から人妻の唇を奪った。

「ンふぅ」

涼子が切なげに鼻息をこぼす。快感が高まっていたためだろう、呼吸が苦しげだ。それでも、からだの上と下で深く交わるうちに、肌が火照《ほて》って汗ばんできた。再び乱れモードになったようである。

（最高だ――）

舌を絡ませ、ヌルヌルと戯れさせながら、腰もリズミカルに振る。文字通り彼女とひとつになった気分を味わい、性感曲線も急角度で高まった。

しかし、先に頂上へ達したのは、またも涼子であった。

「ふは――あ、あ、イク、イクイクイク、イクのぉおおおっ！」

甲高《かんだか》い声を張りあげ、荒波に揉まれる船みたいに裸身を暴れさせる。その間も、信太郎は休みなく女膣を抉《えぐ》りまくった。

「イヤイヤ、い、イッたの、イッたのにぃいい」

隣の人妻は脱力する間も与えられず、続けざまに高みへと舞いあがった。

「ま、またイッちゃう、イクっ、イクイク、も、死んじゃふぅううっ！」

あられもない乱れように、信太郎もいよいよ限界を迎えた。

「お、おれも、もう出ます」

降参すると、涼子は呼吸を荒ぶらせながら何度もうなずいた。

「い、いいわ。オマンコの中にいっぱい出してぇ」

中出しの許可を与えられて安堵する。今日は安全な日だったようだ。

「あああ、い、いきます、いく……出るぅ」

「くうううう、わ、わたしもまたイク、あ――すごいの来るぅう！」

ガクンガクンとエンストする女体にしがみつき、信太郎は目のくらむ快美に巻かれて意識を飛ばした。熱い坩堝《るつぼ》の奥へ、随喜のエキスをいく度もほとばしらせたのである。

第二章　ほしがる若妻ボディ

1

昨夜の荒淫が祟《たた》ったのか、翌朝、信太郎は疲れた腰に鞭打って、ようやく蒲団から這い出した。

(うう……やっぱりやりすぎたのかも)

射精回数は合計三回。そのぐらいなら、オナニーで達成したことは二度や三度ではない。

けれど、昨日の夜は魅力的な人妻を相手にしたのだ。一回一回が濃厚で、しかも抜かずの二発で果てた三度目は、同時に昇りつめた。おかげで、魂《たましい》まで吸い取られる気がしたほどの、長々とした射精を遂げた。

オナニーのときは三回も出せば、最後は絞り出す感じになる。それとは真逆で、回を重ねるごとにたっぷりと放精したものだから、肉体の疲労が著しかったのだ。

そのくせ、気持ちのほうは澄み切った秋空のごとく、清々《すがすが》しいことこの上ない。なぜなら、ずっと想いを寄せていた人妻と親密になれたのだから。

(おれ、これからも涼子さんと、エッチできるんだ)

経験の浅いピストン運動であれだけ感じてくれたほど、肉体の相性が良かったのだ。彼女のほうも求めずにいられないだろう。

もっとも、昨晩は夫と子供が不在だったから、誰の目もはばからず交われたのである。ああいうチャンスは、そうそうあるものではない。隣に住んでいるからこそ、かえって逢い引きしづらいとも言える。

まあ、ふたりの気持ちが一緒なら、機会はいくらでもあるだろう。そのときを気長に待つことにし、信太郎は会社に行く準備をした。

そして、部屋の外に出るなり、涼子と鉢合わせたのである。

「あ——」

声を洩らして固まった彼女は、キャリーバッグを引いていた。これから夫の郷里へ向かうのだ。

さらに、もう一方の手には風呂敷包みを提げている。かたちからして重箱っぽい。そこから漂っている美味しそうな匂いに、信太郎は鼻を蠢かせた。

(あ、これは――)

肉じゃがだと、すぐにわかる。昨晩ご馳走になったからだ。

そうすると、あれはやっぱり夫の実家に持参するために作ったものだったのか。夕飯に作りすぎたというのは、訪問するための口実だったのだ。

(それだけおれとしたかったんだよな)

一途な思いに頬が緩む。信太郎は笑顔で「おはようございます」と挨拶をした。

ところが、涼子は小さく頭を下げただけで、昨夜のような笑顔を見せてくれない。それどころか、表情がやけに強ばっていた。

(え、あれ?)

信太郎は訳がわからずうろたえた。これでは昨日の午後までの、親密になる前と変わらないではないか。

(ひょっとして、ゆうべのことはみんな夢だったのか?)

いや、そんなはずはないと思い直し、とりあえず話しかける。

「あの……昨日の夜はどうも」

すると、彼女があからさまに嫌悪を浮かべ、後ずさった。

「……調子に乗らないで」

やけに低い声で命じられ、思わずしゃちほこ張る。

「え、えっ？」

「わたしとあなたは何もなかったの。一切何もしていないのよ」

結ばれたことを頭ごなしに否定され、信太郎はショックを受けた。

「そ、そんな」

泣きそうになり、瞼の裏に熱いものがジワッと溢れる。ついさっきまでひたっていた幸福感は、いったい何だったのか。周りの景色がガラガラと音を立てて崩れるようであった。

(嘘だろ？　おれと抱き合って、あんなに感じてくれたじゃないか)

せめて理由を聞きたいと思ったものの、無駄であった。

「いい？　ゆうべのこと、誰かに言ったら殺すからね」

鋭い眼差しで脅され、ビクッと肩を震わせる。強烈な快感に『死んじゃう』とよがった女性から、今度は『殺す』と言われたのだ。こんな逆転劇を、いったい誰が予想できたであろう。

「それから、二度とわたしに話しかけないで」

ぷいと顔を背け、キャリーバッグを引いて立ち去る涼子を、信太郎は茫然と見送った。悪い夢を見ているようで、何もかもが信じられなかった。

かくして、甘い一夜は残酷な結末を迎えたのである。

2

（いったいどうしたっていうんだろう……）

その週末の昼下がり、団地の部屋に寝転がって天井を見あげながら、信太郎は本日何度目になるのかわからないため息をついた。やるせなさにまみれ、時おり悲しみの鼻水をすすりながら。

考えていたのは、もちろん涼子のことだ。

そもそも彼女のほうから部屋に来て、淫らな行為に及んだのである。こちらが無理に関係を結んだのなら、嫌われてもしょうがないけれど、

（先に涼子さんが、おれの股間をさわったんだよな）

その後の展開も、常に彼女がリードしていたのに。

機嫌を損ねる原因に、思い当たるフシがないわけではない。秘部の正直な匂いを嗅ぎ、さらに肛門まで舐めたのだ。あれで淑やかな人妻を、居たたまれない気分にさせた可能性はある。

しかしながら、それは行為の途中のことだ。嫌だったのなら、その時点で中断すればいい。

（だいたい、どうしてセックスまで許したんだよ？）

おまけに、膣内への射精までせがんだのだ。なのに、翌日になって手のひら返しをするなんて酷《ひど》すぎる。これでは弄《もてあそ》ばれたも同然だ。

憤慨しつつも、何か理由があるのではないかと一所懸命考えるのは、惚れた弱みからであったろう。涼子のことは嫌いになれないし、未練もたらたらである。できればまたと望まずにいられない。

とは言え、翌朝の冷徹な態度からして、次を期待しても無駄に終わりそうだ。

要は、ただ男が欲しくなったから、お隣の男をつまみ食いしただけなのか。セックスレスという下地があったものだから、夫と子供が不在なのをこれ幸いと、行動に移したとも考えられる。

だが、そこまで欲望本位であるのなら、せっかく結んだ関係をゼロに戻すはずがない。からだが疼いたときのために、友好的な間柄を保つはずである。

ということは、終わったあとで激しく後悔し、もうするまいと誓ったのか。それならば、まだ納得できる。

もしもそうならば、彼女とは二度と抱き合えないことになる。信太郎は寂しさと虚しさに駆られた。

（涼子さん、いつ帰ってくるのかな……）

今度は親子三人で、一緒に帰ってくるのだろう。加々見氏の休暇がいつまでか聞いていないが、キリのいいところで休日である今日明日には戻るのでないか。

涼子と顔を合わせたら、どんな態度をとればいいのだろう。いや、普通にすればいいのだが、それができる自信はなかった。

またため息をついたところで、ピンポーンと呼び鈴が鳴る。

（あ、もしかしたら――）

涼子が帰ったのではないか。一夜の契りを後悔したとは言え、さすがに身勝手な態度をとったと反省し、謝りに来たとか。

と、都合のいい想像をして、急いで玄関に向かう。

「はーい、ただ今」

いそいそとドアを開けると、そこには見知らぬ女性が立っていた。

（え、誰だ？）

緩くウェーブした黒髪と、女性には珍しい黒縁眼鏡。キリッとして整った美貌はいかにも理知的で、近寄り難いというのが第一印象であった。年は三十路《みそじ》前後に見えるから、おそらく年上であろう。

思わず身構えたところで、彼女が丁寧に頭を下げる。

「初めまして。わたし、上の階に越してきた連峰寺由希《れんぽうじゆき》と申します」

名乗っただけでなく、名刺まで差し出したものだから、信太郎は恐縮した。

「あ、ど、どうも。おれ――僕は関谷です。関谷信太郎です」

しどろもどろで挨拶をすると、真面目そうな美女がちょっとだけ口角を持ちあげる。

二回も名前を言ったのが可笑《おか》しかったのか。それとも、Tシャツに短パンというラフすぎる格好の男を、みっともないと思ったのか。

彼女のほうは休日なのに、白いブラウスに黒いパンツと、余所《よそ》行きの身なりである。

知性を感じさせる風貌そのままに、生活態度もきちんとしていそうだ。

名刺を確認すれば、勤め先らしきところが印字してある。普通の会社名ではなく、理化学研究所となっていた。

「えと、何かの研究をされているんですか？」

訊ねると、由希が「そうですね」とうなずく。見た目に違《たが》わず、研究者か科学者らしい。所謂《いわゆる》理科系女子、リケジョというやつなのか。

「実は、引っ越してきたときにもご挨拶に伺ったんですが、お留守でしたので」

「ええと、いつですか？」

「先週です」

どうやら旅行中に越してきたらしい。だから団地の同じ棟に住んでいても、顔を知らなかったのだ。

「すみません。母親の付き添いで、海外旅行をしていたものですから」

「え、どちらに？」

「南米です」

「まあ、そうなんですか」

不意に彼女の目がきらめいた気がした。南米に関心があるのだろうか。

もっとも、旅行先の詳細を訊ねたりはせず、由希が本題に入る。

「実は、洗濯物を取り込んでいたら、一枚だけ風で飛ばされてしまったんです。こちらのベランダに落ちたはずなんですが、見ていただけますでしょうか」

「ああ、そうなんですか。わかりました」

信太郎は部屋に取って返し、ベランダに出る掃き出し窓を開けた。残暑が厳しく、エアコンを点けて閉め切っていたのだ。

(あ、あった)

ベランダに、赤と黒の混じった布切れが落ちている。これだなと拾いあげるなり、信太郎はうろたえた。

「ぱ、パパ、パンティ!」

思わず声に出してしまい、慌てて口をつぐむ。光沢のあるワイン色に黒のレースで飾られた、お洒落なインナーだったのだ。

(……これ、あのひとのだよな)

リケジョっぽくないなんて決めつけたら、失礼だろうか。イメージ的に、白かベージュの飾り気のないものを穿いていそうだったのだ。もちろん、そんなことを本人に言えるはずがない。

好奇心に駆られて、そっと匂いを嗅ぐ。当然ながら、洗ったあとの洗剤の残り香しかしない。裏返し、秘苑に密着していたところを観察しても、綿の布が縫いつけられたそこは細かな毛玉があるぐらいで、汚れは見当たらなかった。

(――て、何をやってるんだよ)

自制心のない己を叱りつけ、薄物を手に玄関へ戻る。

「あの、これですか?」

恐る恐る差し出すと、由希が表情を明るく輝かせた。

「そうです。ありがとうございました」

お礼を述べ、下着を受け取る。意外なことに、手にしたものをどこにも隠そうとしなかった。

(恥ずかしくないのかな?)

いくら洗ってあるものでも、パンティを異性に見つけてもらって、ここまで平然としていられるものだろうか。それとも、理科系だから何事も理詰めで考えて、こんなものはただの布切れにすぎないという感覚の持ち主なのか。

「ところで、こちらにはおひとりで住んでいらっしゃるんですか?」

質問され、信太郎は「はい、そうです」とうなずいた。

「そうですよね。まだお若いみたいですし。おいくつなんですか?」

「年ですか?　二十八です」

「じゃあ、わたしのほうがふたつお姉さんですね」

ひと懐っこい笑顔で言われ、信太郎はときめかずにいられなかった。最初に近寄り難いという印象を抱いたせいか、年上なのにやけに可愛らしく感じたのだ。

(けっこう気さくなひとなんだな)

理科系女子にもこういうタイプのひとがいるのかと、また偏見じみたことを考える。

「わたしもひとりなんです。三十路の独身女で、しかも団地住まいなんて、ますます縁遠くなりそうですね」

屈託なく自虐的なことを言うのにも、好感を覚えた。

「いや、そんなことはないですよ」

だってこんなに魅力的なんですからと、女性に慣れた男なら口説き文句じみたことを言えたであろう。

けれど、信太郎は浮かんだ言葉を呑み込むしかなかった。親密になれたと思った隣の人妻から冷たく拒絶されたために、せっかく芽生えた男としての自信も、根元から引っこ抜かれてしまったのだ。

するど、由希が照れくさそうに首を縮める。

「実は、以前はひとりじゃなかったんです」

「え？」

「いちおう夫がいたんです。昨年、別れましたけど」

つまりバツイチということだ。初対面でそんなことまで喋るとは、さすがに気さくすぎるのではないか。

（もしかしたら、話し相手がほしいのかも）

離婚して独りになったこともあり、気を置かずに何でも打ち明けられる友人を求めているのかもしれない。だったら自分が立候補してもいいと、信太郎は思った。涼子とうまくいかないのなら別の女性をと、助平心も多少はあったろう。

実際、社交的ではない信太郎がすぐに惹かれたほど、由希は見た目も性格もチャーミングな女性だったのだ。隣の人妻といい、年上に惹かれがちなのは、経験が浅いぶん、優しく導かれたいという無意識の願望があるせいなのか。

「どうして旦那さんと別れたんですか？」

ひょっとして聞いてほしいのではないかと思って質問すると、案の定、彼女はためらうことなく話した。

「彼はわたしに研究をやめて、家庭に入ってほしかったみたいです。だけど、研究はわたしにとって人生そのものなので、そっちを優先しちゃったんですよ。それが気にくわなかったみたいですね」

仕事とわたしのどっちが大事なのというのは、三文ドラマでありがちな台詞《せりふ》である。

普通は女性側が言うのだが、由希の夫はまさにそういう心境だったわけか。

(だったら、研究者なんかと結婚しなければいいのに)

結婚すれば意識が変わるだろうなんて、甘い考えの持ち主だったのか。

そのあと、団地周辺の店や施設に関することなどを、問われるままに教えると、

「では、今後ともよろしくお願いします」

彼女は型どおりの挨拶をしてから、上の階に戻った。

(連峰寺由希さん……素敵なひとだな)

しかも、真上の部屋にいるのだ。こと女性に関しては、この団地は恵まれているようである。相手にされるされないは別にして。

ともあれ、これを機に、是非とも由希と仲良くなりたい。

(また洗濯物が落ちてくれればいいのに)

できれば洗う前のパンティがいいなと、起こりえるはずのないことを期待する。

部屋に戻ろうとして、何気にドアの郵便受けを確認した信太郎は、宅配便の不在票があることに気がついた。午前の早い時刻に届いたようである。昨夜は外で飲んで帰

り、酔ったせいで昼前まで爆睡したから、チャイムを鳴らされたのに気がつかなかったらしい。

（どこからの荷物だ？）

送り主を見れば、なんと母親だった。もしかしたら、南米土産に変なものばかり買ってと父親に叱られ、こっちに押しつけたのではないか。

不吉な予感しかなかったものの、受け取らずに済ませるわけにはいかない。

不在票に印字されていた、ドライバーの携帯番号に電話をかける。発信音が三回ほど鳴って、先方が出た。

『はい、○○運送の田所《たどころ》です』

女性の声だったものだから、信太郎は驚いた。焦って不在票を確認すれば、ドライバーの氏名は田所朝美《あさみ》となっている。

（女性の配達員なんて珍しいな）

運転に運搬と肉体労働だし、大変なのではあるまいか。それとも、体育会系のごつい女子が、からだを鍛えるためにあえてこの仕事を選んだとか。

勝手な想像をしつつ、「不在票をいただいた関谷です」と告げる。

『関谷さん……ああ、××団地の方ですね』

「はい、そうです。再配達をお願いしたいんですけど」

『わかりました。本日はこのあともご在宅ですか？』

「ええ、はい」

『それでは、三十分から一時間後ぐらいに伺います』

「では、よろしくお願いします」

通話を切り、信太郎は今のやりとりを反芻した。

(声は若い感じだったな。それに、はきはきして聞き取りやすかったし)

やっぱり体育会系の女子だなと決めつける。それよりはリケジョのほうがいいなと、由希の知性漂う美貌を思い返した。

3

(さてと……またお香でも焚くかな)

荷物が来るまでのあいだ、特にすることもなかったので、あの心安らぐ香りで癒やされることにした。

ガス台で火を点けたお香を皿に載せ、居間に戻る。ソファに腰をおろし、徐々に煙る室内を眺めながら、漂う香気を深々と吸い込んだ。

（あの晩は、ここで涼子さんと――）

淫らな一夜が自然と思い出されたのは、あのときもこのお香を焚いていたからだ。嗅覚が記憶中枢に働きかけたのか、人妻のしぐさや言葉、匂いや肌の感触まで、ありありと蘇《よみがえ》る。

そのため、股間が否応なく熱を帯びた。

信太郎は短パンの裾から、無意識にイチモツを摑み出した。ふくらみかけのものを軽く握ってしごくだけで、たちまち最高の硬度を誇る。

「むふぅ」

快美の鼻息がこぼれ、腰が自然とくねった。

お香のかぐわしさに包まれ、人妻の痴態や秘められたところの佇まい、挿入したときの快さも振り返りながら、自分を慰める。真っ昼間から何をやっているのかなんて自省の気持ちは、少しも湧いてこない。拒絶されて傷ついた心を癒やすためには、むしろ自慰が必要なのだ。

かくして、シコシコと自家発電にいそしむあいだに、閉め切っていた室内は煙で真っ白になる。目を閉じて卑猥な回想と空想に耽《ふけ》っていたため、信太郎はそれにまったく気がつかなかった。

そして、いよいよ快楽の高みに至ろうとしたとき、

ピンポーン――。

チャイムの音が無情に響き渡る。

「うわっと」

現実に引き戻された信太郎は、目の前が真っ白だったものだから、軽いパニックに陥った。

(か、火事か⁉)

オナニーに没頭しすぎて、自分が何をしていたのかすら忘れてしまったのだ。ようやくお香の煙であることを理解したのは、もう一度ピンポーンとドアチャイムが鳴ってからであった。

(ええい、何をやってるんだよ)

宅配の荷物を待っていたことも思い出し、急いで玄関に向かう。ドアを開ける寸前に、短パンの裾から猛々しい勃起が露出していることに気がついた。

(わわわ、まずい)

危ないところだったと、急いでペニスをしまう。それから「今開けます」と声をか

け、ドアのロックをはずした。

（え？）

外にいた女性の姿を認めるなり、目をぱちくりさせる。体育会系のごつい女子を想像していたのに、笑顔が爽やかな若い女性だったものだから、戸惑ったのだ。

「〇〇運送です。お荷物をお届けにあがりました」

明るく告げた彼女は、つなぎタイプの作業着に、キャップをかぶっている。いっそ野暮ったい装いなのに、不思議とおしゃれに映るのは、若くて笑顔の素敵な女性が着ているからだ。

（このひとが田所朝美さん……）

おかげで、信太郎はしばし茫然と見とれてしまった。

「……あの、関谷様？」

声をかけられてハッとする。宅配女子が小首をかしげ、困った顔を見せていた。

「あああ、す、すみません」

見れば、朝美は両手で荷物を持っている。信太郎は焦り気味に受け取ろうとしたものの、

「あの、重いですよ」

よっぽど頼りなく見えるのか、心配されてしまった。

「いえ、だいじょうぶです」

普通の女性でも運べる荷物なのだ。自分に持てないはずはないとたかをくくったものの、受け取るなり両肩にずしっと衝撃があった。

「おおお」

思わず声を上げてしまう。

（こ、こんなに重かったのか！）

彼女はこれを、エレベータのない四階まで運んできたのである。しかも、特にくたびれたふうではない。

外見はチャーミングでも、やはり体育会系なのか。もっとも、からだつきは筋肉質タイプという感じに見えなかった。

「だいじょうぶですか？」

心配されながらも、信太郎は「平気です」とやせ我慢をし、どうにか荷物を床に下ろした。屈んだときに、腰を痛めそうになりながら。

（ふう、危なかった）

安堵しつつ、申し訳ありませんでしたと心の中で謝る。最初に来たときには眠っていたために、彼女はこの重い荷物を持って、二度も階段をのぼる羽目になったのだ。

そのとき、

「か、火事！」

朝美が悲鳴に近い声を上げたものだから仰天する。

「え、どこ？」

振り返って、部屋のほうに白い煙が立ちこめていたものだからギョッとする。しかし、お香のことを思い出し、焦ってかぶりを振った。

「ち、違います。お香を焚いていたんです」

「え、そうなんですか？」

ホッとした顔で胸に手を当てた彼女が、眉をひそめて鼻を蠢かす。独特の匂いに気がついたようだ。

「すみません。わたしの早合点でした」

「いいえ、当然ですよね。こちらこそ、お騒がせしてすいません」

頭を下げると、宅配美女が「いいえ」と頰を緩めた。笑うと鼻に縦ジワができるのが、妙に色っぽい。

「あ、こちらにサインをお願いします」

朝美が伝票を差し出す。それから左手で、胸ポケットのボールペンを取った。

そのとき、薬指に嵌められた指輪に気がつく。

「え、結婚されているんですか⁉」

意外だったものだから、思わず素《す》っ頓狂《とんきょう》な声を上げてしまった。

「あ、はい。そうですけど」

あっさり認められ、信太郎はまた固まった。

(このひとが人妻……)

年は二十代の半ばぐらいに見えるから、結婚していても不思議ではない。ただ、夫がいるのにこういう力仕事をするのは、なんだかそぐわない気がした。

(ひょっとして旦那が失業したものだから、奥さんが頑張って稼いでるんだとか)

などと、大きなお世話でしかない想像をする。

「どうかされましたか?」

またも首をかしげられ、我に返った信太郎は、頬が熱く火照るのを覚えた。

「あ、ああ、いえ……お若いから、ご結婚なさっているように見えなかったもので」

「まあ、ありがとうございます」

朝美が目を丸くして礼を述べる。それから、ちょっと照れくさそうにほほ笑んだ。

「でも、そんなに若くないんですよ。もう二十七歳なので」

もっと若いのかと思えば、彼女は信太郎のひとつ下であった。

「そうなんですか。おれとそんなに違わないんですね」

なのに、こっちは結婚どころか、女性にとんと縁がない。せっかく親密になっても、翌日にはフラれる始末。

まあ、相手が人妻というのが、そもそも間違っていたのだ。夫がいるのに横恋慕して、ハッピーエンドを迎えられるはずがない。

（もっと早く気づけよ……）

落ち込みながらボールペンを受け取る。そのとき、ふたりの指先が触れた。

「あ——」

「キャッ」

思わずドキッとした信太郎であったが、朝美はそれ以上に顕著な反応を示した。電流でも走ったみたいに手を引き、焦りを浮かべて視線をさまよわせたのである。

おまけに、頬が赤らんでいる。

（え、どうして？）

女性に慣れていない自分ならともかく、彼女は人妻なのだ。たかが客の男と指が触れたぐらいで、どうして悲鳴を上げてうろたえるのか。

信太郎は疑問を覚えつつサインをし、伝票とボールペンを返した。

「ありがとうございます」

受け取った朝美が、小鼻をふくらませる。どこかうっとりした面持ちで。

「……お香の匂いなんですね」

「え？」

「関谷様のからだからも、いい匂いがします」

ずっと煙の中にいたから、お香の成分が染みついたらしい。

(けっこう鼻がいいんだな)

オナニーで射精しなくてよかったと、信太郎は胸を撫で下ろした。ザーメンの青くさい残り香を気づかれたかもしれないのだ。

すると、不意に彼女がモジモジしだす。

「あの……不躾《ぶしつけ》なお願いで恐縮なんですけど、お手洗いをお借りできませんか？」

切羽詰まっているのか、頬の赤みが増していた。

「いいですよ。そこのドアです」

指をさして教えると、朝美は「すみません」と頭を下げ、シューズを脱いであがった。パタパタと急ぎ足でトイレに入る。

（忙しくてトイレに行く余裕もなかったのかな？）

自分が再配達をさせたせいもあるのだと、信太郎は反省した。

ただ、もしかしたらお腹の調子が悪いのかもしれない。ツナギだから脱ぐのにも時間がかかるだろうし、外で出てくるのを待っていたら、早くしなければと彼女に気を遣わせることになる。

（とりあえず、これを運ばなくちゃ）

信太郎は重い荷物を抱えて、まだお香が煙るリビングに戻った。

段ボール箱を開けてみれば、中身は予想したような南米土産ではなかった。米や缶詰、乾物など、食料品がぎっしり詰まっていたのである。

さらに、手紙も入っていた。読んだところ、旅行に付き合ったお礼の文面で、さらに、食事は栄養のバランスを考えて食べなさいという注意も添えてあった。

（わざわざこんなに送ってくれなくてもいいのに）

やれやれと思いつつも、母の愛情を感じてじんとなる。旅行中、もっと優しくしてあげてもよかったかなと、ちょっぴり後悔した。

それにしても、食料品ならキッチンで開ければよかった。また運ぶのは面倒だなと思ったとき、居間の戸口に誰かいることに気がついてギョッとする。

朝美であった。

トイレを借りたお礼を言うために顔を出したのかと思えば、なんとなく様子がおかしい。頰が赤いのはさっきと同じだが、呼吸が落ち着かなくはずんでおり、目がとろんとしていた。

(え、やっぱり具合が悪かったのか？)

運送会社に連絡したほうがいいのかと腰を浮かせかけたものの、

「……わたしに何をしたんですか？」

気怠《けだる》げながらも、責める口調に戸惑う。

「え、な、何もしてませんけど」

どうしてそんなことを言われるのか、信太郎はさっぱりわからなかった。

「嘘です。わたしがこうなったのは、この部屋に来てからなんですよ」

苛立ったふうに身をよじった若妻配達員が、リビングに入ってくる。信太郎の前に立ちはだかると、ツナギ制服のボタンをはずしだした。

(え、えっ⁉)

信太郎は焦り、尻をついたまま後ずさった。それを追いかけるように前に出た朝美が、ツナギを肩から脱ぎおろす。それも、膝の下まで。

　中に着ていたのは、タンクトップ型のインナーだ。ねずみ色のそれは、汗を吸って色が濃くなっている。

　力仕事に向いていそうな、肉づきのいい腰回りを包むのは、黒いパンティだった。特に装飾らしきものはなくても、色白の肌とのコントラストがセクシーである。

　朝美はそれも無造作に脱ぎおろした。

「わっ」

　思わず声を上げた信太郎であったが、太腿の半ばで裏返った下着と、恥叢《ちそう》が逆立つ陰部のあいだにきらめくものを見つけて驚愕する。そこには何本もの粘っこい糸が繋がっていたのだ。

（え、愛液？）

　明らかにオシッコではなく、別の分泌物だ。クロッチの裏地が見えており、そこにも透明な汁がべっとりと付着していた。

「こんなに濡れちゃったんですよ。どうしてくれるんですか」

　人妻が濡れた目でなじる。肉体が昂ぶり、秘唇がいやらしい蜜をこぼしたのを、信太郎が何かしたせいだと決めつけているのだ。

「どうしてったって、おれは何も……」

困りながらも、あらわになった女芯から目が離せない。

急変と言っていい展開にもかかわらず、海綿体は早くも血流を呼び寄せていた。オナニーで射精直前まで高まったあとゆえ、容易に発情モードに切り替わったようだ。

ただ、朝美はそれ以上に、肉体が燃え盛っているらしい。

振り返って考えるに、彼女の様子がおかしくなったのは、ボールペンを受け取るときに指が触れたあとである。あれでふたりのあいだに電流みたいなものが走って、相手に惹かれたのではないか。それこそひと目惚れみたいに。

などと、安易な恋愛ドラマじみたことを考えた信太郎であったが、もうひとつの可能性に気がついて（あっ！）となる。

（もしかしたら、お香のせいかも――）

涼子と情交した夜も、信太郎はお香を焚いたのだ。

あの匂いがお隣まで流れ、そのせいで隣妻が欲情したとすれば、すべて納得がいく。肉じゃがを作りすぎたなんて口実で部屋に来たのに加え、翌朝、すべてなかったことにしたのも。

（つまり、お香の効き目が切れて、涼子さんは正気に戻ったんだな）

それでも、自分のしたことは憶えていて、誰にも言うなと信太郎に釘を刺したのではないか。

あのお香には、媚薬《びやく》的な効果があるのではないか。信太郎には変化が現れないから、女性のみを淫らな気分にさせるようだ。確証は持てないが、他に原因らしきものは思いつかない。

(まあ、いかにも怪しげなお香だものな)

パッケージも、それから本体も。しかも、麻薬で有名な南米で買ったのだ。妙な効果があってもおかしくない気がする。

「ちょっと、何とかしてよ」

朝美に詰め寄られてハッとする。

彼女の潤んだ目は、明らかに情欲の輝きを湛えていた。言葉遣いも馴れ馴れしく、というより、遠慮がなくなっている。あの夜の涼子と一緒だ。

(てことは、おれは朝美さんとも――)

セックスできるのかと考えるなり、頭の芯が痺れる心地がした。

4

昼下がりの情事が確定的となっても、信太郎は自分から動けなかった。まったく情けないとあきれても、ヘタレな性格はそう簡単に改められるものではない。

朝美は業を煮やしたようで、自ら行動に移る。ツナギとパンティを爪先から取り去ると、目の前の男に突進した。

「うわ」

声を上げ、信太郎はフローリングの床にひっくり返った。

彼の頭を跨ぐなり、トップス一枚になった人妻が、ためらいもせず腰を落とす。急いで用を足そうと、和式便器にしゃがむみたいに。

（あ――）

美女の秘められた部分が迫る。縮れ毛が繁茂する淫靡な裂け目が映ったのは、ほんの一瞬であった。

「むぷッ」

口許を湿ったもので塞がれ、反射的に抵抗する。しかし、手足をばたつかせたのは、ほんの二秒ほどであったろう。

（うわあ……）

酸味の強い女陰臭が、脳の中まで流れ込む。そんなことはあり得ないのに、本当にそう思えたのだ。

朝美の性器は、汗と尿の香りが著しかった。宅配の仕事が忙しかったのだろうし、たった今トイレに入ったばかりなのだ。ちゃんと拭いたにせよ、陰毛の狭間に親しみのある磯くささが残っていた。

もちろんそればかりではない。乳製品を熟成させた趣のなまめかしい成分も、淫らな気分を高める。イタリアンレストランで出されるチーズの盛り合わせの中で、最もクセの強いものに似ていた。

（あれ、パンといっしょに食べると、けっこう美味《うま》いんだよな）

そんなことまで考えたために味わいたくなり、じっとりと湿った裂け目に、信太郎は舌を差し入れた。

「くぅうーン」

子犬みたいに啼《な》いて、朝美が腰を震わせる。脂《あぶら》ののった下腹が、ヒクヒクと波打った。

「い、いいわ。もっと舐めて」

容赦なく陰部を押しつけてくるのは、働き者で気立てのいい若妻なのだ。そんな彼女をここまで淫らにさせるなんて、あのお香はどんな原料を使っているのだろう。

（やっぱり麻薬なのかな？）

だとしたら、空港の麻薬探知犬に吠えられる可能性もあったわけか。しっかり隠しておいて正解だった。

いや、今はそんなことはどうでもいい。

舌で抉るように恥割れをねぶると、粘っこい蜜が後からあとから溢れてくる。甘じょっぱいそれは際限がなく、彼女も焦れったくなっているようだ。

「ああん、もう」

身をよじり、切なげな息づかいを示す。いよいよ我慢できなくなったようで、信太郎に跨がったまま、からだの向きを百八十度変えた。

たぶん――。

柔らかな臀部が、顔の上ではずむ。力仕事で引き締まっているのかと思えば、マシュマロみたいな優しい弾力だった。加えて、肌もシルクのなめらかさだ。

（ああ、いい感じ）

もっちり素材の枕に、顔を埋めている感じだろうか。丸まるとしてボリュームもある。こんな素敵なおしりを、無粋な制服で隠しているなんてもったいない。そこだけツナギを丸くくりぬいて、世間のみんなに見てもらうべきだ。

感触が素晴らしいばかりではない。人妻尻は劣情を煽るエロチックな要素も、ちゃんと持ち合わせていた。

（うわ、すごい）

鼻面《はなづら》がもぐり込んだ尻割れは、熱く蒸れていた。汗を煮詰めたふうなアポクリン臭が、鼻奥をツンと刺激する。こんな可愛い奥さんがケモノじみた匂いをさせているなんてと、卑猥なギャップにもそそられた。

しかもその中に、ほんのちょっぴりながら、肛門の恥ずかしいかぐわしさがひそんでいたのである。

（ああ、これは……）

あるいは配達の仕事中に、大きいほうの用を足したのか。ただ、嗅いでいるうちに薄らいだから、ひそかに洩らしたガスの残り香だったのかもしれない。運転中はオナラがしたくなるなんて話を聞いたことがあるから。

どちらにせよ、誰にも知られたくないであろう美女のプライバシーだ。それを暴いたことで、目眩《めまい》を起こしそうに昂ぶる。

信太郎は操られるみたいに、秘苑をピチャピチャと舐め回した。

「ああ、あ、気持ちいい」

朝美がよがり、股間をぐいぐいと押しつけてきた。遠慮も慎みもなく、快楽のみを求めて。

（いや、昂奮しすぎだよ）

涼子のように、恥ずかしい匂いや味を知られることへの抵抗もないようだ。それだけお香が効いているのか。

信太郎の移り香にも気がついたから、朝美はかなり鼻がいいらしい。そのぶん、発情を促す香り成分の影響を強く受けたのかもしれない。

ともあれ、このままでは窒息してしまう。女性のアソコに潰されて命を落としたら、まさにマン死に値する。などと、くだらないことを考えている場合ではない。

反撃を試み、信太郎は敏感な肉芽が隠れているところを狙った。インコのくちばしみたいな包皮を吸いたて、舌先でぴちぴちとはじく。

「あああ、そ、そこぉっ！」

下半身のみ裸のボディが、ガクンガクンとはずむ。かなり感じやすいようだ。それとも、お香の効果で肉体が敏感になったのか。

朝美がからだを前に倒し、ヒップがわずかに浮きあがる。おかげで、信太郎は舐めやすくなった。彼女もそれを計算したのかと思えば、目的は他にあったようだ。

「むふふふぅ」

太い鼻息がこぼれる。股間の高まりに、人妻の手が被せられたのだ。

「あん、おっきい」

泣くように言って、朝美が短パンを脱がせにかかる。信太郎は尻を浮かせて協力した。膝までずり下げられたものは、両脚をすり合わせて自力で脱いでしまう。

その間に、猛る筒肉に指が巻きついた。

（うわっ、気持ちいい）

おしりのお肉と一緒で、手指も抜群に柔らかだ。日々重い荷物を運んで酷使しているとは信じられないぐらいに。あるいは、そういう仕事だからこそ手入れを怠らず、高価なクリームを塗っているのだろうか。

しっとりふにふにの感触に、分身が小躍りする。早くも熱い粘りが鈴口《すずぐち》からこぼれる感触があった。

「すごく硬いわ」

ニギニギして牡の逞《たくま》しさを確認した直後、さらに美尻が浮きあがる。

ちゅぱッ――。

温かいものに包まれた亀頭が、強く吸われた。彼女が口に入れたのだ。

「ふおおおおっ！」

信太郎は腰を縦横に暴れさせた。頭の芯が絞られる気がしたほどに、悦びが強烈だったのである。

一方で、罪悪感にも駆られる。

（ああ、そこは……）

昨夜シャワーを浴びたきりで、洗っていないのを思い出した。

今はエアコンをつけているが、昼前に目を覚ましたのは暑かったからだ。汗もかなりかいて、陰部は蒸れた匂いを放っているはず。そんなところをしゃぶられるのは申し訳ない。

ところが、朝美はまったく気にならないらしい。先端を咥えたまま、舌をてろてろと動かす。

（うう、よすぎる）

快美に目がくらみ、呼吸がハッハッと犬みたいにはずんだ。このままでは一方的にイカされてしまう。

どうにかお返しをせねばと身悶える信太郎の目に、尻の谷底に見え隠れする秘肛が映った。

薄らセピア色のそれは、小花を連想させる可憐な佇まい。そのくせ周囲に短い毛が数本、疎《まば》らに生えていた。

（女のひとも、おしりの穴に毛が生えるのか……）

アダルトビデオや、ネットの画像で見たことはあっても、実物はそれ以上に生々しい。こんな可愛い女性がという意外性にも、胸がドキドキした。

隣の人妻のそこを舐めたとき、恥ずかしがりながらも感じてくれたことを思い出す。朝美もそうなのかなと気になって、信太郎はさっそく実行した。

たわわな双丘に両手を添えれば、マシュマロそのものの感触に官能を高められる。ずっとこうしていたい心地にもなったが、今は他に優先すべきことがあった。

魅惑の柔尻を、信太郎は強く引き寄せた。

「ンぅ」

朝美が咎めるように秘茎を吸う。抵抗しなかったのは、もっとクンニリングスをされたかったからではないのか。

けれど、舌がじっとり湿った臀裂を探り、恥ずかしいツボミをくすぐると、焦ったようにペニスを吐き出した。

「ちょっと、そこは――」

尻の谷をキツくすぼめ、屹立の根元を強く握る。信太郎はそれにもかまわず、アナル舐めを断行した。

「いやぁ、もう、くすぐったいのにぃ」

文句を言われても、しつこく舌を動かし続ける。心から嫌がっているふうには感じられなかったからだ。

事実、強ばっていた大臀筋が、間もなく緩んできた。

「うう、ヘンタイぃ」

なじる声音も、どこか悩ましげである。

彼女のアヌスはほんのりしょっぱくて、舐めるとヒクヒク収縮するのが愛らしい。もっと苛めたくなって、舌先を突き挿《い》れるように動かした。

「も、バカぁ」

括約筋が締まる。反撃せねばと思ったか、朝美が再び肉根にしゃぶりついた。喉の近くまで迎え入れ、舌をねっとりと巻きつける。

「むふぅ」

信太郎は太い鼻息をこぼした。別の生き物のごとくヌルヌルと動く舌に、否応なく高められる。

それでも、負けてなるかと秘肛をねぶり、顔に密着した尻肉を揉む。今日が初対面ながら、これで本当のおシリ合いなどと、またもしょうもないことを考えたのは、爆発を回避するためでもあった。

「ん……ンふ、むふッ」

アナル刺激が功を奏したか、人妻が鼻息をせわしなくこぼす。それが玉袋に吹きかかり、陰毛がそよぐのがわかった。

（よし、だいぶ感じてるぞ）

とは言え、これだけで果てるわけがない。そろそろ敵の本陣たる秘殿を攻略しようと考えたとき、新たな感覚が下半身を襲った。

「むうううう」

呻いて、下腹を波打たせてしまう。陰嚢《いんのう》が優しくモミモミされたのだ。

そんなところは、オナニーのときにも刺激などしない。触れるのは風呂場で洗うときぐらいである。

ソープランドで股間全体を愛撫されたときには、確かに気持ちいいと感じた。けれどあれは、シャボンやローションでヌルヌルしていたからだ。

何より、睾丸は男の弱点でもある。衝撃を受けたときの痛みは筆舌に尽くしがたい。よって、デリケートに扱わねばならないのだ。

ところが、遠慮のない朝美の指で、狂おしいまでの悦びを与えられている。しかもペニスをしゃぶられながら。快感が二倍にも三倍にもふくれあがるようで、信太郎は新たな世界が開けた気がした。

（キンタマも、こんなに気持ちいいのか）

人妻だからこそ、朝美はそこが性感帯であると知っているのだろう。夜の営みでは、夫の急所にも奉仕しているに違いない。

そんな場面を想像して、信太郎はたまらなくなった。アナル舐めをする余裕もなくし、引き寄せていた艶尻を解放する。

「だ、駄目です。もう――」

降参すると、朝美が屹立から口をはずす。上半身を起こして振り返り、淫蕩な笑みを浮かべた。

「あなたもキンタマが弱いのね」

美しい人妻が口にした、卑猥な台詞。危機を脱したペニスが、ビクンと雄々しく脈打った。

(あなたもってことは、旦那さんもなんだな)

奇妙な縁を感じる。まさにタマむすびか。

彼女は上から離れると、胸を大きく上下させる信太郎を見おろした。あらわなままの陰部を隠そうともせず、顎をしゃくって命じる。

「脚を開いて」

「え？」

「早く」

拒めるような状況ではなく、信太郎は素直に従った。そのあいだに、朝美が膝をついて屈み込む。

「もっとよ」

促されるまま開脚ポーズを取れば、肉色を際立たせる牡器官の向こう側に、二十七歳の美貌があった。

(またフェラチオをするのか？)

今度はアナル舐めで邪魔されないようにと、シックスナインの体勢を解いたのか。

しかし、その推測ははずれていた。

朝美が顔を伏せる。チュッとキスを浴びせたのはペニスではなく、陰嚢であった。

「あああ」

快感そのものは、決して大きくなかった。フェラされながらのタマ揉みは気持ちよかったけれど、ただ唇をつけられてもさほど感じない。

にもかかわらず腰の裏がわななき、思わず声を上げたのは、背徳感が著しかったからだ。縮れ毛にまみれたシワ袋は見た目が清潔でないぶん、そこまでされるのは申し訳ない気にさせられる。

だが、それで終わりではなかった。彼女はシワを辿るみたいに、玉袋に舌先を這わせたのである。

「だ、駄目です」

腰をよじって逃げようとしたら、勃起を摑まれてしまった。

「おとなしくしてなさい」

注意を与え、タマ舐めを続ける人妻。舌づかいが次第にねちっこくなり、袋全体が唾液で濡らされる。

（うう、タマらない）

与えられる感覚としては、くすぐったさとむず痒さが強い。それがなぜだか快感に昇華され、身悶えずにいられなかった。

「んふ……」

鼻息をこぼしながら、朝美が嚢袋をねぶる。唾液で濡れたところに風が当たり、ひんやりするのにもゾクゾクさせられた。

舌が這い回るのは急所のみではなかった。腿の付け根の汗じみたところもチロチロと舐める。さらに袋を持ちあげ、会陰《えいん》の縫い目も先っちょでくすぐった。

(ああ、そんなところまで)

その間、秘茎のほうは根元を握られていただけで、ほぼほったらかし状態であった。おかげで焦れったくて呼吸が荒ぶる。

せめてしごいてくれないかと願ったとき、信太郎は不意に悟った。これはアヌスを悪戯《いたずら》された仕返しではないかと。

同じように恥ずかしいところを舐めてやろうというのではない。おそらく彼女も秘肛を刺激されて、快くも焦れていたのだ。どうしてアソコを舐めてくれないのかと、悶々としていたに違いない。

だからこそ同じように、イキたいけどイケないところを口撃して、溜飲を下げているのではないか。

「お、お願いです。もう――」

焦らしプレイに耐えきれず、涙を浮かべて哀願すると、朝美がこちらを見る。彼女の前にあるペニスは、透明な先汁を鈴口から滴《したた》らせ、一部は肉胴にまで伝っていた。

「え、どうかしたの？」

何を求めているのか、わかっているくせに訊ねるなんて意地悪すぎる。

「そこだけじゃなくて、別のところも舐めてください」

「別のところって？」

「オチン――ペ、ペニスを」

ちゃんとその部分の名称を告げたにもかかわらず、言うことを聞いてくれない。

「ダメよ。まだこっちが終わってないもの」

「え、まだって……」

「オチンチンは、手でしてあげるわ」

朝美が口をOの字に開く。そのまま陰嚢に食らいついた。

「くはぁあああ」

温かなところにひたった急所に、舌がまといつく。中のタマをくりくりと転がされ、あやしい快さに信太郎は喘いだ。

（ああ、そんな――）

舐められる以上に気持ちよかったのは確かである。一度にふたつは無理だったようで、彼女は睾丸をひとつずつ含み、丁寧にしゃぶってくれた。

ただ、それによって頂上に至ることはない。

やっぱり焦らしているだけじゃないかと苛立ったとき、筒肉に巻きついた指が上下に動きだす。脈打つものがシコシコと摩擦された。

「ああ、ああ、くううう」

信太郎は膝を曲げ伸ばしして喘いだ。

望んでいた愛撫をされ、性感が急角度で高まる。ただしごかれただけでは、ここまで感じなかったであろう。タマしゃぶりが手淫による悦びを押しあげ、全身に震えが生じた。

（あ、まずい）

たちまち限界が訪れ、信太郎は焦った。

「そんなにしたら出ちゃいます」

窮状を訴えても、朝美は手を動かし続ける。ちゅぱちゅぱと舌鼓も打って、サオもタマも歓喜にまみれさせた。

そのため、抵抗するすべもなく頂上に至る。

「あああ、い、いきます。いく」

蕩ける快美に理性を粉砕され、腰を大きくバウンドさせる。オルガスムスに巻かれて意識を飛ばし、信太郎は白い粘液を噴きあげた。

びゅるンッ——。

ザーメンが糸を引いて、スローモーションのように宙を舞う。放物線を描き、フローリングの床に落ちてピチャッとはじけた。

「おおおっ」

なおも二陣、三陣とほとばしるあいだも、人妻の淫らな施しは続く。おかげで絶頂感が長引き、多量に射精することとなった。

(ああ、すごすぎる……)

牡汁の悩ましい青くささが漂う中、信太郎は快い疲労感にどっぷりとひたった。

5

ふたりは浴室に入り、一緒にシャワーを浴びた。

「……わたし、どうしちゃったのかしら？」

信太郎のからだを甲斐甲斐しく洗いながら、全裸の朝美がつぶやく。お香の効き目が切れかかっているようだ。

もしかしたら、精液の匂いが濃かったために、吸い込んだ媚薬成分の効果がかき消されたのか。ただ、お香のせいで淫らになったとは気がついておらず、自身の衝動的な行動に戸惑っていると見える。

「ああん、わたしったら」

彼女が裸の腰をなまめかしく揺らす。まだ昇りつめていないから、欲望の種火が燻っているのではないか。

だからだろう。牡の股間を清めるのに、やけに時間をかけた。

「ううう」

信太郎は呻き、膝をカクカクと揺らした。シャボンまみれの指で、秘茎も玉袋もヌルヌルとこすられるのは、射精してすっきりしたあとでもかなり気持ちがいい。おかげで、萎えて縮こまった肉器官が、再び重みを増してくる。

「あ……」

朝美が小さな声を洩らす。指づかいがいっそういやらしくなった。

(勃起させようとしてるのかな)

大きくなったら、セックスするつもりなのだろうか。

だが、端《はな》っからそのつもりだったとしたら、バスルームに来る必要はなかったのだ。あのままリビングで行為を続け、お口で奉仕するなりして、エレクトさせればよかったのである。

やはり精液の青くささで我に返り、自分のしたことを悔やんだのではないか。仕事中でもあり、いつまでも油を売っているわけにはいくまい。シャワーを浴びて汗や唾液、愛液を洗い流してすっきりしようとしたのだろう。

ただ、肉体のほうは理性に追いつかず、未だ男を求めているかに見える。脂ののった下半身が、物欲しげにくねくねしていた。

「あの……さっきのこと、誰にも言わないでくださいね」

手にした秘茎を見つめたまま、朝美がつぶやくように言う。尊大だった言葉遣いが元に戻っていた。

「わかっています」

信太郎は答えたものの、声が快さで震えてしまった。

(だけど、このまま終わりにするのは惜しいな)

できればきちんと結ばれたい。海綿体が充血するにつれ、その気持ちが強くなった。

しかしながら、もうお香には頼れない。バスルームを出たら、朝美は仕事に戻るだろう。お香を焚くから待ってほしいなんて頼むのは不自然すぎる。

ならばここは、自分の力でなんとかするしかない。

(朝美さんだって、本当はしたいんだ。おれが誘えば、きっとのってくるはずだ)

互いの恥ずかしいところを舐めあった仲なのに、何も言えないなんてだらしない。

ここらでヘタレを卒業すべきである。

(いつも受け身でどうするんだ。勇気を出せ、関谷信太郎)

自らに発破をかけ、信太郎は思いきって声をかけた。

「朝美さんはいいんですか？」

「え？」

「おれはイッたけど、朝美さんはまだですよね」

「そ、それは……」

落ち着かなく視線をさまよわせたから、やはり満足していないのだ。そして、巧みな指づかいでタマとサオを刺激しているから、牡の性器で気持ちよくしてもらいたいのである。

確信するなり、信太郎は完全復活した。

「すみません。また勃《た》っちゃいました」

分身に力を送り込むと、朝美が下唇を噛《か》む。お香の効き目が消え、本来の気立てのいい若妻に戻っていたから、自分からしてほしいとは言えないようだ。

「おれ、朝美さんとしたいです」

「……」

「朝美さんを気持ちよくしてあげたいし、おれ自身がしたくてたまらないんです」

こちらの欲望をあらわにすれば、彼女も受け入れやすいはず。思惑どおり、彼女は仕方ないというふうにうなずいた。

「いけないひとね」

ため息をつき、強ばりの指をほどく。さすがにあきれたのかと不安になったが、朝美は信太郎に背中を向けると、タイルの壁に両手をついて前屈みになった。

「挿れてもいいですよ」

ボリュームのあるヒップがぱっくりと割れ、淫靡な苑をあらわにする。そこからほんのり酸っぱいような、ぬるい秘臭がたち昇ってきた。

浴室に入ってすぐに、彼女はシャワーで秘部を清めたのだ。そのときボディソープも使ったのに、秘芯は早くも劣情の蜜を溢れさせていたらしい。

（やっぱりしたかったんだな）

だったら遠慮する必要はない。信太郎は上向いた肉の槍を前に傾け、丸い頭部で濡れミゾをまさぐった。

「ああん」

なまめかしい声がタイル壁に反響する。

こすられる恥割れが愛液をこぼし、亀頭を潤滑する。しっかり馴染ませてから、信太郎は腰を前に送った。

ぬるん――。

強ばりがやすやすと蜜穴を貫く。

「きゃふぅうン」

甘えた声で啼いた若妻が、白い背中を弓なりに反らした。尻の谷をすぼめ、腰を細かく震わせる。

(ああ、入った)

快い締めつけに喘ぎ、信太郎はすぐさま抽送を開始した。

ぢゅ……ちゅぷ——。

繋がった性器が卑猥な音をこぼす。逆ハート型のヒップの切れ込みに見え隠れする肉棹に、白っぽい濁りがまつわりついた。

(うう、いやらしい)

結合部を見おろし、ペニスを抜き挿《さ》しする。ヒクヒクと収縮するアヌスもまる見えで、腰づかいが自然と速度を増した。

「あ、あ、あん、ううン」

よがり声が間断なく洩れる。いけないひとなんて信太郎をなじりながら、やはり朝美もこれがほしかったのだ。

下腹を強くぶつけると、柔尻にぷるんとさざ波が立つ。そんな光景にも劣情を煽られ、鼻息荒く女体を責めまくる。

「いやぁ、お、オチンチン、硬いのぉ」

淫らな言葉づかいにも幻惑されそうだ。

（気持ちいい。最高だ）

これが人生で三度目のセックス。三人目の女性。そして、ふたり目の人妻だ。

本当はちゃんと恋人を見つけて、恋慕の情が高まって結ばれるべきなのかもしれない。今のところ、その場限りの快楽を貪っているだけで、今後の親しいお付き合いはまったく期待できなかった。

（いいさ。これも練習だ）

女性とセックスに慣れるために必要なのだと、自分本位の理由づけをする。

もっとも、こうして自分から求めてからだを繋げ、女性にいやらしい声を上げさせるまでになれたのだ。お香のおかげで、この短期間にずいぶん成長した気がする。

バックスタイルで女窟を突きまくっていることもあり、征服感が著しい。本物の男になれた気分が高まり、容赦なく激しいピストンを繰り出す。

「あああ、よ、よすぎるぅ」

あられもない声を上げた朝美が、膝を崩れそうに揺らす。感じすぎて、立ちバックの体勢を保つのが困難になったのか。

（こんな調子で、仕事に戻れるのかな？）

それもちょっと気にかかる。配達する荷物がだいぶ残っているのなら、手伝ってあげたほうがいいだろうか。

「も、ダメ……イキそう」

若妻配達員が、不意に極まった声を洩らす。からだのあちこちを、ビクッ、ビクンと震わせだした。

「いいですよ。イッてください」

信太郎も高まっていたが、まだ我慢するつもりでいた。もっと愉しみたかったのだが、朝美にねだられて気が変わる。

「いっしょにイッて……中にあったかいの、いっぱい注いでぇ」

甘えた声での要請に、叶えてあげなくちゃという気にさせられる。そもそも仕事中の彼女を、いつまでも引き止めておくわけにはいかないのだ。

「わかりました」

短く答えて、分身を気ぜわしく出し挿れする。下腹と臀部の衝突が、パッパッと湿ったサウンドを奏でた。

「ああ、あ、ホントにイク、イッちゃう」

人妻が乱れ、頂上に向かって舞いあがった。

「イクッ、ひぐぅ、うううっ！」

喘ぎを喉に詰まらせ、白い背中をぎゅんと反らせる。蜜穴がキツくすぼまり、それが射精を呼び寄せた。

「あああ、で、出ます」

蕩ける愉悦に巻かれ、信太郎は牡のエキスをドクドクと放った。

「はうう……あったかい」

朝美がうっとりした声音でつぶやいた。

第三章　ナマイキOLにお仕置き

1

その日、会社からの帰りに、団地の近くで声をかけられた。時刻は午後九時近かったろう。

「関谷さん――」

えっと思って振り返れば、上の階に住むリケジョの由希であった。

「ああ、どうも。連峰寺さんも、今お帰りですか？」

「ええ」

屈託なく白い歯をこぼされ、信太郎は胸をはずませた。

街灯に照らされた彼女は、キャリアレディっぽい黒のパンツスーツだ。今は髪の毛をきっちりまとめており、黒縁眼鏡と相まって、生真面目な印象を強めていた。

なのに、ひと好きのする笑顔は、年上とは思えないほど愛らしい。

（素敵だな、由希さん……）

知り合ってから、もう二週間以上になる。九月になり、夜はだいぶ涼しくなった。

これまでにも団地内で、由希とは何度か顔を合わせた。早朝のゴミ出しのときや休日で、信太郎は私服の彼女しか見たことがなかった。

よって、仕事帰りのきちんとした身なりを目にしたのは、これが初めてであった。

まあ、真面目なリケジョらしく、普段からだらしない格好はしていないが。

初対面からあれこれ打ち明けてくれた由希は、もともと話し好きらしい。顔を合わせたときにもただ挨拶をするだけではなく、必ず信太郎と言葉を交わした。

それはお天気のことであるとか、近所で見聞きした出来事といった、たわいもない内容がほとんどだった。要はご近所同士の立ち話レベルで、親密な交流に繋がるものではない。

けれど、ただ話をするだけでも、信太郎は嬉しかった。彼女の笑顔を前にすると癒やされる心地がしたし、会うほどに親しくなれる気がしたのだ。

もっとも、お隣の涼子が以前よりも冷たくなったものだから、その埋め合わせを上階のバツイチ女性に求めた部分もあったろう。できれば由希とも一夜を共にしたいというのが、偽《いつわ》らざる気持ちであった。

そして、それを実現するための隠し球を、信太郎は持っている。

「もう食事はお済みなんですか？」

由希が訊ねる。信太郎は「はい」とうなずいた。

「わたしもなんです。最近、研究のほうが忙しくて、どうしても外食が増えちゃうんですよね」

照れくさそうに舌を出した彼女に、信太郎は肩身の狭い思いを噛み締めた。

「でも、おれはそういうんじゃないんです。仕事が忙しいわけじゃなくて、ちょっと飲んできただけでして」

部内では若僧だから、重要な仕事など任されていない。残業をするとしたら、自身のミスの後始末ぐらいだ。

それに、飲んだといっても、食事のときに生ビールを一杯注文しただけである。そのあとレンタルDVDショップに寄って、オナニーのオカズを長々と物色した。結局、何も借りなかったものの、そんなことを由希に言えるはずがない。

「あら、飲んで仕事のストレスをしっかり解消して、明日への英気を養うことも大切だと思いますよ」

　優しさ溢れる言葉に、信太郎は感激した。やっぱり素敵な女性だなと、改めて思い知る。

　そのため、ここでお別れするのが惜しくなった。

「あ、そうだ。このあいだ新しいコーヒーメーカーを買ったんですけど、よかったらウチで飲みませんか？」

「あら、いいんですか？」

「独り身には分不相応なものなので、誰かに飲んでもらわないともったいなくて」

　南米旅行で預金がなくなり、余裕があるわけでもないのにそんなものを買ったのは、由希を招いたときにもてなすためであった。いつになるかわからなかったのであるが、これは絶好のチャンスだ。

「じゃあ、せっかくだからお呼ばれしようかしら」

「はい、是非」

　ふたりは並んで歩き、団地の建物を目指した。

（こんなに早く由希さんに来てもらえるなんて）

　信太郎はわくわくしていた。コーヒーメーカーを買ってよかったと、己の判断が正しかったことを自画自賛する。

それにしても、女性を部屋に誘えるなんてずいぶん成長したものだと、我が事ながら驚く。以前の自分には、到底できなかったことだ。

(これも涼子さんや朝美さんのおかげなんだろうな)

関係を持った人妻たちが脳裏に浮かぶ。セックスで頂上に導いてあげることもできたし、あれで男としての自信がついたのだ。

とは言え、ふたりともその場限りの関係だった。涼子に至っては、隣人なのに余所余所しい態度をとられている。信太郎との一夜を後悔しているからであろう。

由希とはそうならないよう、末永くお付き合いをしたい。だからこそ、すぐにあのお香を利用しようなんて考えていなかった。

少なくとも、部屋に入るまでは。

「さあ、どうぞ。狭いところですけど」

謙遜《けんそん》して招いてから、しまったと悔やむ。上の階にある彼女の部屋も、同じ造りなのだ。

「おじゃまします」

由希がクスクス笑いながらパンプスを脱ぐ。信太郎の失言に気がついたようだ。

（まったく、間抜けすぎるよ）

自分が嫌になりつつも、居間に彼女を案内する。

「そこに坐っていてください」

ソファを勧めてから、信太郎はキッチンに下がった。さっそくコーヒーの準備をする。

もっとも、準備とは言ってもタンクに水を入れ、大きめのコーヒーフレッシュみたいなカプセルをセットして、ボタンを押すだけなのだ。間もなく、プシューと音がして、マシンから蒸気が噴き出した。

これもコーヒーメーカーと一緒に買い求めた、ショップで使われるような耐熱のラテグラスに、淹《い》れたてのコーヒーが注がれる。普通のコーヒー以外に、カプセルを変えることでエスプレッソやラテなども楽しめるのである。

とりあえず最初は無難なブレンドにし、ふたつのグラスを手にリビングに戻る。

「お待たせしました」

ソファの前に置かれたテーブルにグラスを置くと、由希が嬉しそうに目を細めた。

「いい香り。こんなすぐに飲めるのなら、わたしもほしいわ」

それでは部屋に来てもらえなくなるので、信太郎は聞かなかったフリをした。

「砂糖とミルクはどうしますか？」

「けっこうです。いつもブラックなので」

「おれもそうなんです」

本当は砂糖もミルクも多めに入れるのに、見栄を張る。よし、これからはブラックで飲むことにしようと、密かに決心した。

隣に腰掛けて、一緒にグラスのコーヒーをすする。ほんわかした空気がふたりを包み込むのを信太郎は感じた。

（うん。いい雰囲気だぞ……）

特に言葉など交わさずとも、気持ちが通じ合うよう。もっとも、話し好きの由希は黙っているのが苦手らしく、信太郎の会社や仕事のことをあれこれ訊ねた。

だが、勤務先はごく普通の商社である。特段話すようなことはない。

おまけに所属しているのは、総務部という社内の雑事を請け負う部署だ。仕事内容も平凡で、それこそ研究者などと比べたら少しも面白みがなかろう。

それでも、話しながら胸の鼓動を速めていたのは、近い距離で彼女のかぐわしい吐息や、ボディが放つ清潔感のある甘い香りを嗅いでいたからだ。

（すごくいい匂いだ、由希さん）

着衣でもこれなら、脱いだらどうなるのか。それから、もっとも秘めやかなところは、どれほどかぐわしいのだろう。

つい思考がいやらしいほうに向いてしまうのは、ふたりの人妻とこの部屋で淫らなことをした影響なのか。あれから二週間も経っているのに。

「そう言えば、連峰寺さんはどんな研究をしているんですか？」

信太郎のほうから訊ねると、由希が首をひねった。

「ねえ、連峰寺さんなんて、呼びにくくないですか？」

「え？」

「わたしの苗字、平仮名だと五文字もあるし、昔風で言いづらいでしょう。これからは下の名前でいいですよ」

「下の名前……ええと、由希さん？」

「うん、そのほうが、わたしも話をしやすいですね」

ニコニコして言われ、信太郎もつられて笑い返した。そのため、研究のことは訊けずじまいであった。

（もしかしたら、誰にも教えられない秘密の研究なのかな？）

だから誤魔化したのではないか。

「あら、あの置物いいですね」

由希の視線がテレビの脇に向く。そこには、手のひらに載る大きさのマスコットがあった。かたちはただの円形だが、色や彫刻されている模様などから、かろうじてフクロウだとわかる。

南米土産だが、信太郎が買ったものではない。涼子が配達してくれた、母親からの荷物に入っていたのだ。

母の愛にじんとした信太郎であったが、あとでこれに気がついてあきれ返った。おそらく、父に叱られて土産を処分するために、食料品の中に紛れさせたのであろう。いや、もしかしたら、本当に送りたかったのは置物のほうだったのかもしれない。

体よく押しつけられたそれは、サイケな色使いといい、どこか呪術関連っぽい品物にも見える。捨てたら罰《ばち》が当たりそうな気がして、仕方なく目立たないところに飾っておいたのだ。

そのため、由希にいいですねと称賛されても、まったく同意できなかった。

「南米で買ったものなんです」

簡潔に説明すると、彼女が「やっぱり」とうなずく。母親の付き添いで旅行していたことは、最初に挨拶されたときに話してあった。

「まあ、買ったのはおれじゃなくて、母親なんですけど」

「そうなんですか？　でも、雰囲気があっていいですよね」

置物をかなり気に入ったと見える。もともとエキゾチックなものに惹かれるのだろうか。

「南米に興味があるんですか？」

あのときも気になったことを訊ねると、由希は「ええ、わりと」と認めた。

(だったら、あの置物をプレゼントしようか)

思ったものの、押しつけようとしていると思われたら好ましくない。実際、そのつもりなのだから。

(待てよ。南米に興味があるのなら、お香を焚いたら喜ぶんじゃないか？)

もちろん、由希を喜ばせるのが真の目的ではない。信太郎自身が、性的な悦《よろこ》びを求めていたのである。

信頼して部屋に来た彼女に、そんなことをすべきではないという思いはある。しかし、かぐわしい吐息や体臭を嗅いだことで、感情が淫らな方向に舵を取っていた。

そもそも、本当にあのお香のせいで、涼子と朝美が淫らになったと確定したわけではない。たまたまお香を焚いたときに、彼女たちの欲望周期が高まっていただけとも考えられる。

よって、お香に媚薬効果があるのかを確かめるためにも、由希で調査する必要があるのだ。などと、都合のいい理由で自らを納得させ、信太郎はさっそく話を切り出した。

「でしたら、南米で買ってきたお香があるんですけど」

「え、お香？」

「ちょっと待ってください」

信太郎は再びキッチンへ戻り、お香の準備をした。使うのは、朝美と一戦交えた日以来である。本当に女性をいやらしい気持ちにできるのだとすれば、無闇に使って浪費したくなかったのだ。

折ったお香に火を点け、煙をたち昇らせるそれを皿に載せる。独特のかぐわしさに期待を高めながら、リビングに戻った。

「これなんですけど」

お皿をテーブルに置くと、由希が興味深げに覗き込んだ。

「……面白い色のお香ですね」

観察し、鼻を蠢かせる。悩ましげに眉根を寄せたのは、早くも効果が現れているからなのか。

「どちらの国で買ったんですか？」

「さあ。これも母親が買ったものなので、詳しい場所はわからないんです。たぶん、どこかの露店だとは思いますけど」

答えてから、信太郎は彼女の隣に腰掛けた。横目で様子を窺い、胸をはずませる。

（さあ、どうなるか）

朝美は匂いを嗅いで、程なく様子がおかしくなったのを思い出す。ただ、彼女はけっこう嗅覚が鋭かったし、利くまでの時間も個人差があるだろう。また、仮に媚薬成分が含まれていたとしても、誰にでも効果があるとは限らない。

由希の場合はどうなのか。気にしていると、眼鏡をかけた理知的な美貌が曇った。

「え、この匂い……」

何かを悟ったふうなつぶやきに、信太郎はドキッとした。色めいた企《たくら》みを悟られたのかと心配になったのだ。

だが、それ以上言葉を発することなく、彼女はソファの背もたれにからだをあずけた。お香からたち昇る煙を見つめ、規則正しい呼吸を続ける。

間もなく、レンズの奥の目がトロンとしてきた。

（効いてるみたいだぞ）

やっぱりこのお香は媚薬のようだ。試しに「由希さん」と呼びかけると、こちらにゆっくりと顔を向けた。

「……はい」

おかしなタイミングで返事をする。心ここにあらずというふうだ。

「だいじょうぶですか？」

「ええ……でも――」

何か言いかけて、由希は口をつぐんだ。頬が火照《ほて》ったみたいに赤らんでいる。

（間違いないぞ。このお香には媚薬の成分が含まれてるんだ）

彼女がソファの上で、ヒップをモジモジさせているのが証拠だ。すでに愛液をこぼしているのではないか。

真面目なリケジョでも、かつては人妻だったのである。男を知っているのはもちろんのこと、セックスの快感にも目覚めているのではないか。

だとすれば、その気になるのはたやすいはず。

しかし、涼子や朝美のように、積極的に求めてくるタイプではなかろう。普段から身なりもきちんとしているし、そう簡単に理性を捨てることはできまい。

　ならばと、信太郎は膝に置かれた由希の手を握った。

「あ――」

　それだけで彼女が切なげな声を洩らし、からだをピクンと震わせた。全身の神経が敏感になっていると見える。

　実際、指と指を絡めて遊ばせると、吐息がはずみだした。

（すごい効果だ）

　信太郎もすっかりその気になり、色っぽく和らいだ美貌に顔を近づけた。

　ふっくらした唇は半開きで、こぼれる息はお香よりもかぐわしい。さっき飲んだコーヒーの匂いは、あまり感じられなかった。

（キスしたい）

　さらに接近し、顔を少し傾ける。何をしようとしているのか、由希にもわかっているはずである。

　なのに、彼女は逃げなかった。それどころか、期待しているかのように目を潤ませ、唇をそっと前に出す。

（これならいける）

　信太郎は思いきって唇を重ねた。

ふに――。

柔らかなものがひしゃげる。キスしたのだと実感して、全身が熱くなった。

（おれ、由希さんとキスしたんだ！）

感激のあまり、涙がこぼれそうだ。

もう大丈夫だろうと、信太郎は由希の背中に腕を回した。抱き締めて、唇を強めに吸う。

すると、女体がくたっと力を抜いた。好きにしてと言わんばかりに、もたれかかってきたのだ。

信太郎は舌を差し入れ、美女の口内を味わった。甘い唾液を掬《すく》い取って喉を潤し、背中も優しく撫でる。

「ンふぅ」

感に堪《た》えないふうな鼻息が、彼女の昂《たか》ぶりを証明する。体温も上昇しているようで、からだのぬくみが伝わってきた。

これなら最後までいけるのではないか。それを確認するために、信太郎はふたりのあいだに右手を移動させた。由希がどこまでその気になっているのか、見極めようとしたのである。

ボトムの前を手探りし、ボタンをはずす。スベスベした素材のパンティが触れた。

（あの日のやつかな？）

ベランダに落ちていた、ワイン色に黒いレースの下着が思い出される。あれもこんな手ざわりだった。

だが、確認しなければならないのは、パンティのデザインではない。その中がどうなっているのかだ。

逸《はや》る気持ちを抑えつつ、手をゴムにくぐらせる。指先にザラッとした秘毛が触れた。かなり生えている感じである。

陰毛が濃い女性は情け深いと聞いたことがある。彼女もそうに違いないと勝手に決めつけ、信太郎はさらに奥まったところを探索した。熱く蒸れた感のある秘苑を。

ヌルっ——。

窪みにはまった指が、粘つきを感じる。湿っているなんてレベルではない。いっそしとどになっていた。

「うう」

由希が呻き、呼吸をはずませる。

（やっぱり濡れてたんだ！）

その気になっていることが判明し、信太郎は股間に力を漲《みなぎ》らせた。そこはすでに膨張し、猛々しく脈打っていたのである。

柔らかな手で握ってもらいたいと、欲望がふくれあがる。気持ちよくしてあげたら、お返しをしてもらえるのではないか。

（ええと、ここだな）

くちづけたまま敏感な突起をまさぐると、女体がビクンと震えた。

「くふふぅ」

由希がやるせなさげに喘ぐ。腕の中の柔らかボディが切なげにくねった。

ところが、次の瞬間、信太郎は強い力で突き飛ばされたのだ。

「わっ！」

声を上げ、ソファから転げ落ちる。フローリングの床に、後頭部をしたたかぶつけてしまった。

「いてててて」

いったい何が起こったのか。顔をしかめて頭をもたげた信太郎が目にしたのは、脱《だっ》兎《と》のごとくリビングを飛び出すリケジョの後ろ姿であった。

（え、どうして？）

寸前で我に返ったというのか。だけど、どうして？

玄関のドアが閉まる音が聞こえる。由希に逃げられたのだとわかっても、信太郎にはもはや為《な》す術《すべ》はなかった。拒まれたショックが大きすぎて、追いかける気力もなかったのだ。

ふと右手を見れば、指先が濡れ光っている。爪の端に短い縮れ毛が一本引っ掛かっていた。

鼻先に寄せて嗅いでみれば、ぬるい生ぐささが感じ取れる。これが由希の秘められた匂いなのだ。

しかし、淫靡なフレグランスも、劣情を高めることはない。虚しさに苛《さいな》まれ、軽率な行ないを激しく後悔するばかり。

そのとき、壁の向こうからあやしい雰囲気が伝わってきた。かすかな軋みと、呻き声のようなものも聞こえる。

（涼子さんたちだ――）

どうやら加々見夫妻が営みを始めたらしい。それがお香の効果によるものなのは明らかだ。

幼い息子はもう寝たのであろうし、発情してたまらなくなった涼子が、夫をベッドに引きずり込んだのではないか。ずっと抱いていなくても、あんな可愛い奥さんに積極的になられたら、久しぶりということもあって加々見氏はギンギンであろう。

まさにあちらを勃《た》てればこちらが勃たずだなと、信太郎はおとなしくなった己の股間を見おろし、やるせなくため息をついた。

2

翌日、総務部の飲み会があった。全員参加ではなく、有志が声を掛け合い、五名ほどで飲もうという話になったのである。

いつもなら、信太郎はそういう会はパスすることが多かった。下っ端の身分で気を遣わねばならないし、そもそも社交的な人間ではない。ひとりで外食ついでに飲むか、家で缶ビールを空けるのが性に合っていた。

にもかかわらず参加することにしたのは、由希に拒絶されたショックを紛らわせようとしたからである。正直、団地に帰ることを考えるだけでも気が重くなるほど、後を引いていたのだ。

飲んで憂さを晴らし、あのことは忘れよう。そう目論んでいたのに、ある人物によってぶち壊しにされた。

総務部に今年入った新人、三園桃香《みそのももか》である。

「先輩、飲んでますか？」

会場は酔客で賑わう歌舞伎町の居酒屋。笑顔で声をかけられ、最初は普通に「飲んでるよ」と接していたのである。ところが、酔うほどに彼女は遠慮がなくなり、信太郎を下に見るようになった。

大卒で入社した桃香は、先月誕生日を迎えたばかりの二十三歳。くりくりした目が印象的な、童顔の可愛らしい女の子だ。少なくとも見た目は。

信太郎より五年後輩で、総務部では最年少。なのに、雑用を押しつけられることはあまりなかった。愛らしい新人女子にはありがちなことだが、周囲がちやほやして、面倒なことをやらせなかったのだ。

そのぶんはすべて信太郎に回されたのは、言うまでもない。

桃香のほうも、己の可愛さを鼻にかけているところがあった。男の前では舌足らずの甘えた口調でしゃべり、それとなくボディタッチをして相手を虜にする。

よって、彼女の人気は部内では絶大だった。そこまで手玉に取れるということは、清純そうに振る舞いながらも男を知っているのだろう。

一般的にその類《たぐ》いの女子は、同性の反感を買いやすいものである。ところが、桃香はそのあたりもちゃんと計算していたようだ。仕事のことを質問し、教えてもらうと大袈裟に感謝するなどして、先輩女子にも可愛がられたのだ。

周囲をすべて味方につけ、好き放題に操る。まさしく小悪魔であり、若くして総務部の女王様でもあった。

そんな彼女が、部内一冴えない信太郎を相手にするはずがない。他人の目があるところでは、雑用をする彼に『あたしのぶんまですみません』と謝って点数稼ぎをするが、誰もいないところでは冷たいものだ。

『これ、先輩がやっといてください』

と、面倒なことを押しつけられたのは一度や二度ではなかった。

他の男性社員にするような、甘えたおねだりやボディタッチをしないのは、取り入るだけの価値がない男だと見ているからに違いない。まあ、事実その通りなのだが。

かくして、飲み会の場でも酔って本性が現れると、信太郎を肴にして自分が愉しみだした。

桃香が隣に坐ったのは、最初から自分を小馬鹿にしてストレスを解消するためだったのだ。信太郎はしばらく経ってようやく気がついた。

女の子は彼女ひとり。他は年配や妻帯者で、気を遣って飲みたくなかったためもあったろう。もちろん、話しかけられるなどして他のメンバーとやりとりをするときには、いつもの小悪魔っぷりを発揮していたが。

「先輩って、彼女いないんですよね」

疑問ではなく、断定の口振りで言う。信太郎はビールのジョッキに口をつけたまま、呻くように「うん」と返事をした。

「女の子と付き合ったことはあるんですか？」

あるはずないですよねというニュアンスを込めた問いかけだ。

「あるよ」

不愉快さを隠さずに答えると、「へえー意外」と心底馬鹿にした反応をされた。

「じゃあ、どうして別れたんですか？」

そう質問してすぐに、「あ、違った」と言い直す。

「どうしてフラれたんですか？」

原因は信太郎にあると決めつけているのだ。その後も根掘り葉掘り、プライベートを詮索された。

飲んで憂さ晴らしをするつもりが、余計にストレスを溜めることになるなんて。

さっさと退散してもよかったのであるが、それができなかったのには理由がある。忌ま忌ましく思いながらも、信太郎は桃香が気になって仕方なかったのだ。

会社では、女子社員は平凡な事務服に着替える。退社後の今は私服姿であるが、彼女はヒラヒラしたやけに短いスカートを穿いていたのだ。若くて健康的な太腿が、三分の二もあらわになるほどの。

おかげで、信太郎の視線はどうかすると下へ向き、むっちりして美味《おい》しそうなそこをチラチラと視姦《しかん》することとなった。

参加人数が少なく、また、明日も仕事ということもあって、飲み会は二時間足らずで終了した。二次会もなく、すぐに解散となる。

（さっさと帰ろう）

肉体よりも、精神的な疲労が著しい。早く蒲団に入って眠りたかった。

ところが、またも面倒な相手から見込まれてしまう。

「先輩って、あたしと帰る方向がいっしょですよね。送ってください」

男なら当然そうするべきだという尊大な態度で、桃香が要求する。そこまでストレートに求められたら、信太郎も断りづらかった。

（まあ、そのぐらいならいいいか）

ここは彼女が求めるようにしたほうが得策だ。ごねたところでいいことは何ひとつないし、恩を売っておけば多少は扱いがマシになるだろう。

「わかったよ」

安請け合いして、ふたりで駅に向かった。

新宿から乗った中央線快速は、ウィークデーにもかかわらず混んでいた。ちょうど乗客の多い時間帯だったようだ。

乗降口近くで桃香と向かい合う。ふたりのあいだに隙間はなく、密着とまではいかずとも、時おりふれあうのは避けられなかった。

信太郎はずっと天井を見あげていた。普通に前を向くと、ヒールを履いた彼女の頭が、ちょうど鼻の高さになる。汗とシャンプーの混じった清涼なかぐわしさを嗅いでいたら、おかしな気分になりそうだったのだ。

「ねえ、先輩」

声をかけられ、「え？」と下を向く。桃香が上目づかいでこちらを見あげていた。もとが愛らしい女の子なのである。そんな甘えるような素振りをされたら、胸がときめいてしまう。

「な、なに？」

「先輩が住んでいるところって、団地って言いましたよね」

飲み会の場で、訊ねられるままに答えたのだ。

「そうだけど」

「これから行ってもいいですか？」

「ど、どうして？」

「だって、今どき団地ってだけでも珍しいのに、ひとりで住んでいるんでしょ。どんなところなのかキョーミがあるんです」

動物園にパンダの赤ちゃんを見に行くようなノリなのか。男として関心を持たれているわけでないのは、口振りからわかった。

ただネタにされるだけなら、たとえ愛らしい後輩女子でも部屋に入れたくなかった。レトロなところに住んでいるから人間としてもパッとしないなどと、今後も馬鹿にされる口実を与えるだけである。

「だからって、こんな夜に女の子が、男の部屋に行くのは感心しないけど。もっと警戒しなくっちゃ」

やんわり拒むと、彼女が「あはは」と乾いた笑い声を聞かせた。明らかに馬鹿にしているのだ。

「どうして先輩なんかを警戒しなくちゃいけないんですか？」

何もできないくせにと、言外に匂わせる。そんな度胸がないことを、しっかり見抜いているのだ。

確かに信太郎は、部屋に来た異性に簡単に手を出せる人間ではなかった。いや、人妻たちとの経験で、かなり自信はついたのである。けれど、相手が同じ部署の後輩となると話は別だ。拒まれるのは目に見えていたし、もちろん無理やり行為に及ぶなんてできない。

そもそも、少しでもおかしな真似をすれば、あることないこと同僚に吹聴されるのは目に見えていた。そんなことになったら、二度と会社に行けなくなる。

面倒なことは避けたかったし、どうにか諦めてくれないかと、信太郎は頭をフル回転させた。ところが、妙案を思いつく前に、桃香がとんでもないことを口にしたのである。

「部屋に連れていってくれないのなら、先輩がさっき、あたしの脚をエロい目でずっと見てたこと、みんなに言いますからね」

悪戯っぽく目を細めての脅しに、信太郎は絶句した。

（気づいてたのか！）

まあ、彼女はすぐ隣にいたのである。見続けないよう注意はしていたものの、目の動きでバレても不思議はない。

欲望本意の行動を、信太郎は激しく後悔した。好意を持っていたわけでもない相手の、色仕掛けに嵌《は》まってしまったのである。

もっとも、何らかの罠があったわけではない。自ら落とし穴に落っこちたようなものだ。

ともあれ、こうなっては拒むことは不可能。信太郎は生意気な後輩女子を、住まいである団地へ連れてゆくことになった。

「あー、ホントに、いかにも昭和って感じですね」

同じ建物が何棟も並んだ眺めを、桃香が面白がる。夜でも街灯が照らしていたので、団地の全貌を容易に確認できたのだ。

(本当に、動物園にでも来たって感じだな)

興味本位の感想は、そこに暮らしているひとびとがいることなど、少しも考えていなさそうだ。いっそ、廃墟に肝試しをしに来た心境なのかもしれない。

(とにかく部屋を見せて、さっさと帰ってもらおう)

だが、四階へ着くまでに、予想どおり不平不満が出た。

「まったくぅ、どうしてエレベータがないんですか？」

階段をのぼりながら、桃香が文句を垂れる。信太郎は無視して先導した。いっそ、嫌になって帰ってくれればいいと密かに願ったものの、見あげたものでしっかりついてきた。

「ここだよ」

中に招き入れると、彼女はわずかに息を切らしながらも、興味津々《しんしん》の面持ちで歩き回った。トイレやバスルームも確認する。

「ふうん。けっこう広いんですね。部屋数があるし、お風呂場も大きいし」

「まあ、もともと家族用だから」

「なるほど。家賃はいくらなんですか？」

信太郎が答えると、桃香は驚きをあらわにした。

「えー、やっすーい！　いいなあ。あ、でも、エレベータがないのはちょっと」

考え込む素振りを見せる。ひょっとして引っ越したいのか。

「三園さんって、たしか実家住まいだよね？」

「ええ、そうですけど」

「独り暮らしをしたいの？」

「いいえ。彼氏とふたりで住むのなら、このぐらいの広さと部屋数がほしいなと思っただけです」

「え、彼氏いるの？」

「いいえ。候補なら何人かいますけど」

おそらく何股もして、誰を本命にするのか吟味《ぎんみ》しているのだろう。結果、不採用となり、捨てられる男が気の毒だ。

「候補って、うちの総務部にもいるの？」

「あたし、同じ会社のひとととはお付き合いしないことにしてるんです」

きっぱり言い切ったから、大学時代の先輩や同級生なのだろう。

「それよりも先輩、喉が渇いたんですけど、何か飲み物をいただけませんか？」

図々しいお願いに、信太郎は面倒だなと思いつつ答えた。

「コーヒーならあるけど」

「どんなやつですか？」

「色々。普通のブレンドでもカプチーノでもカフェラテでも」

「じゃあ、カフェラテ」

コーヒーショップで注文するみたいな口振りだ。先輩に対する礼儀も節度もない。

仕方なく、リビングのソファで待つように言って、信太郎はキッチンでコーヒーメーカーを操作した。つい昨日もコーヒーを淹れたばかりとあって、由希とのことを思い出さずにいられない。

（由希さん、怒ってるんだろうなあ）

無理強いしたわけではないものの、お香で淫らな気分にさせたのだ。そのせいで抵抗できなくなったのをいいことに、キスをしてアソコをまさぐった。薬を盛って犯そうとしたにも等しい。

ただ、あれがお香のせいであると、由希が理解できたかどうか不明だ。それから、信太郎が意図してあの状況をこしらえたことも。そもそもお香に媚薬効果があるなんて、普通は考えないのではないか。

だとすれば、こちらの企みはバレていないはず。

（待てよ。桃香ちゃんにお香を使うのも、面白いかもしれないぞ）

いやらしいことをするためにというより、あのワガママ娘を操りたくなったのだ。

何しろ、太腿を窃視したことをバラすなどと、脅迫までされたのである。発情させても簡単に求めてはこないだろうし、どうすればいいのかと戸惑う状態にさせ、観察するのも面白いのではないか。

よし、そうしようと決心し、お香も準備する。信太郎はラテグラスと、お香を載せた皿を手にリビングへ戻った。

「え、何ですか、それ？」

桃香が関心を示したのは、煙をたち昇らせる皿のほうであった。

「これは南米で買ったお香なんだ。すごくリラックスできるんだよ」

「へえ」

漂う香りに鼻を蠢かし、彼女がわずかに眉根を寄せる。好ましいという反応ではなかったが、不快でもないようだ。

「不思議な匂い……」

受け取ったラテグラスを両手で持ってつぶやく。喉が渇いたと言ったのになかなか飲まないのは、お香の効果が早くも現れているからではないのか。

信太郎は大きめのクッションを、ローテーブルを挟んでソファの向かいに置いた。そこに腰をおろし、正面からじっくり観察する。隣に坐ったら図々しいと非難される気がしたためもあった。

桃香は心ここにあらずというふうに、パチパチとまばたきを繰り返している。カフェラテはひと口飲んだだけで、グラスをテーブルに置いた。

お香の煙が靄《もや》のように漂う。信太郎はそれを深々と吸い込んだ。特におかしなことはないと証明するみたいに。

それによって、若い娘の表情に焦りが浮かんだ。あるいは、お香のせいでからだに変化が生じたのではないかと、訝っていたのかもしれない。それが否定されたために、軽いパニックに陥ったと見える。

「どうかしたの？」

わかっていながら訊ねると、細い肩がビクッと震えた。

「え？」

「なんか、気分が悪そうだけど、もう帰る？」

肉体が疼《うず》いているのなら急いでここを出て、ボーイフレンドのところに行くのではないか。いくらその気になっても、小馬鹿にしていた先輩を相手に選ぶまいと考えたのである。可愛いことを鼻にかけている彼女にとって、それはプライドが許さないだろうから。

しかし、信太郎を警戒していたはずの涼子も、それから荷物を届けに来ただけの朝美も、ためらうことなく迫ってきたのだ。あるいは桃香もそうなのかと期待半分で観察していると、彼女がそろそろと膝を離した。

太腿のあいだに隙間ができる。ミニスカートだから、ピンク色のパンティがやすやすと覗いた。

正面にいる信太郎は、それをばっちり見ることができた。発情して無意識にしたのでないことは、挑発するような眼差しから明らかだ。わざと見せつけ、昂奮させるつもりなのだ。

（おれのほうから求めるのを狙っているんだな……）

それならばプライドが傷つかずに済む。あとは仕方なく施しを与えたフリを装えばいいのだから。

そうとわかって手を出すほど、信太郎は間抜けではない。

「脚をちゃんと閉じたほうがいいよ。下着が見えてるから」

落ち着き払って注意すると、桃香が信じられないという顔を見せる。それから悔しげに眉をひそめ、膝をぴったりとくっつけた。

だが、それで諦めたわけではなさそうだ。天井を見あげて腕組みし、考え込むように下唇を嚙む。

すると、また膝が緩んでくる。今度はわざとではなく、からだが火照って自然とそうなったらしい。息づかいがはずんでいるし、組んだ腕を小刻みに動かして、乳房を刺激しているらしかった。

（エッチな子だなあ）

劣情を催す愛らしい娘を前にして、さすがに信太郎もおかしな気分になってくる。けれど、ここで手を出したらすべてが台無しだと、ふくらみつつある股間の分身に勃つなと命じた。

にもかかわらず、海綿体は秒単位で充血を著しくする。股間の桃色三角地帯が面積を広げるのに合わせて。

（あ――）

信太郎は気がついた。秘部に喰い込んだクロッチの、いやらしい縦ジワをこしらえる中心に、濡れジミが浮かんでいることに。

（もう濡れてたんだな）

きっと彼女は、男が欲しくて切なくなっているのだ。

そのとき、桃香がこちらをキッと睨みつける。行き場のない劣情に目を潤ませて。

「先輩は、それでも男なんですか⁉」

いきなり非難され、信太郎は面喰らった。

「え、えっ、なに？」

「こんなに可愛い女の子が部屋に来たのに、何もしないなんて。だからヘタレだって言われるんですよ」

ヘタレという自覚はあったが、面と向かって言われたことはない。つまり彼女自身が、陰でそう嘲《あざけ》っていたのだ。

信太郎は憮然として言い返した。

「誰にでも簡単に手を出すやつのほうが、男の風上にも置けないと思うけど。そこらの犬猫じゃあるまいし、おれは紳士的でありたいからね」

「うー」

桃香が苛立ちをあらわに唸《うな》る。埒《らち》が明かないと思ったか、脚を九十度以上に大きく開き、下着の濡れジミを晒《さら》した。

「これを見てもそんなことが言えるんですか？　あたしはもう、こんなになってるんですよ！」

などと言うところを見ると、濡れている自覚があったようだ。湿ったクロッチが陰部に張りついて、気持ち悪かったのかもしれない。

ビクン――。

強ばりきっていたペニスが、大きな脈打ちを示す。ここまでいやらしいものを見せられて、欲望を抑えきれるはずがなかった。

（いや、まだだぞ）

彼女のほうから誘う展開になったものの、まだ不充分だ。もっとおねだりをさせて、生意気な小娘を屈服させたい。

「それは桃香ちゃんの問題であって、おれには関係ないよ」

「そんな――ね、ねえ、お願いだから……してください」

桃香が哀願する。行為の名称は口にしなかったものの、セックスを求めているのは間違いない。若くても、肉体は性の歓びに目覚めているらしい。

そのとき、信太郎は彼女を辱める方法を思いついた。

「おれの言うことを聞いたら、抱いてあげてもいいよ」

尊大な物言いに、後輩女子がわずかに表情を曇らせる。どうしてこんな男にここまで言われなければならないのかと、自尊心を傷つけられたようだ。

それでも、募る情欲には抗えなかったと見える。

「な、何をすればいいんですか？」

「そこでオナニーしてよ」

告げるなり、喉の渇きを覚える。異性にそんなはしたない命令をするなんて、もちろん初めてだ。それゆえ、目茶苦茶に昂奮したのである。

「オナ――」

桃香が唖然とした顔を見せる。さすがにそれは無理かと思えば、腕組みがほどかれた。右手がそろそろと股間へ向かう。

(マジかよ?)

自分が命じておきながら、信太郎はコクッとナマ唾を呑んだ。

3

「う、うう……はぁ」

白い指が桃色の布をこする。そこは濡れジミを大きくし、外にまで染み出したものが指先を濡らしているようだ。

(本当にするなんて……)

目の前で繰り広げられる痴態から、信太郎は目が離せなかった。まばたきすら忘れて、後輩女子の淫戯に惹きつけられる。

ふたりのあいだにあったテーブルは、すでにどけられている。信太郎はストリップをかぶりつきで見ているようなものだった。

桃香は背もたれにからだをあずけ、両足をソファにあげてＭ字開脚のポーズだ。そうして股間をはしたなく晒す。

ピンクの下着は、前に小さなリボンがついているだけのシンプルなデザイン。愛らしい娘の清純さを引き立てるはずが、快楽を求める行為に耽《ふけ》ることで、清らかさを台無しにしていた。

「くうう、う、いやぁ」

彼女はハァハァとせわしなく呼吸をこぼしながら、左手でブラウスの前ボタンをはずしだした。

ミルクを思わせる白い肌と、淡い水色のブラジャーがあらわになる。上下不揃いのインナーが日常的なエロスを醸し出し、信太郎は初めて桃香に好感を抱いた。

きっとお揃いで買ったものの、どちらかが破れるかして処分したのだろう。だけど残ったほうまで捨てるのは忍びなくて、手持ちのものと組み合わせて使っているのではないか。

そんな慎ましいプライベートを勝手に想像して、いい子じゃないかと思ったのである。恥ずかしい場面を目の当たりにして、情にほだされた部分もあった。

ブラが上にずらされ、小ぶりのおっぱいがさらけ出される。乳頭は早くもぷっくりとふくらみ、存在感を際立たせていた。

頂上部分は赤みの強いピンクで、ふっくらした白い丘陵とのコントラストが鮮やかだ。さながらワイン漬けの果実を載せた、ミルクプリンのようでもある。吸ったら甘みを感じるのではないか。

「あん、気持ちいい」

摘まんだスイーツ乳首をくりくりと転がし、桃香が悦びを口にする。瞼を閉じ、唇を半開きにしたあどけない容貌が、痛々しいエロティシズムを感じさせた。

クッションに腰をおろしてオナニーショーを見物する信太郎も、当然ながら昂ぶっていた。ブリーフの中でいきり立つ陽根は、先走りの粘液をとめどなくこぼす。それが亀頭をベタつかせ、居心地が悪かった。

「下も直《じか》にさわっていいんだよ」

そう指示したのは彼女を気遣ってではなく、自身が秘められたところを目にしたかったからだ。

一瞬、身を堅くしたように見えた桃香が、クロッチの指をはずす。濡れて透けたそこには、恥割れの形状があからさまに浮かびあがっていた。

彼女は指をゴムにくぐらせようとして、途中でやめた。それだと動きが制限され、求めるような快感が期待できないと悟ったのだろう。乳首の指もはずし、腰を浮かせて両手でパンティをずり下ろした。

（ああ、いよいよ――）

望んでいた展開となり、信太郎は胸を高鳴らせた。

桃香は薄物を足先からはずして坐り直すと、自慰を再開させた。性器だけでなく、乳頭も同時に愛撫する。ところが、

（うう、よく見えないぞ）

彼女は右手で秘苑を隠していたのだ。いや、その部分をまさぐるために、自然とそうしたのかもしれない。蠢く指で、肝腎なところが観察できなかった。

オナニーを命じた手前、秘部を見せろとは頼みづらい。ならばと、信太郎は悦楽に漂う後輩に声をかけた。

「ねえ。今脱いだやつを貸して」

「……え？」

「そのパンツ」

脇に置いた薄物を、桃香は首をかしげつつも素直に放ってよこした。

若腰をぴっちり包んでいた下穿きはぬくみが残り、ほんのり湿っていた。室内に漂うお香の匂いとは異なる、甘ったるいかぐわしさもある。

信太郎はそれを裏返し、恥ずかしいところに喰い込んでいた裏地を確認した。

（うわ、すごい）

白い綿布が縫いつけられたそこには、褐色がかった不格好なシミがあった。中心は自慰の名残で透明な蜜汁が付着しており、他に糊《のり》が乾いたような跡も見える。動いたときにこすれるからか、細かな毛玉も多かった。

「ちょっと、なに見てるんですか？」

オナニーを続けながら、桃香が咎める。こんな状況でも指をはずせないほど、肉体は悦びを欲しがっているらしい。

「桃香ちゃんがどのぐらいパンツを汚してるのか、調べてるんだよ」

わざとニヤニヤしながら答えると、彼女は「イヤぁ！」と悲鳴を上げた。

「そ、そんなところ、見ないでください」

「うーん、けっこう汚れてるね。このシミ、オナニーで濡れる前からできてたみたいだぞ」

「イヤイヤ、い、言わないで」

泣きべそ声で非難する桃香に、嗜虐心《しぎゃくしん》が煽《あお》られる。信太郎はクロッチを鼻に押し当て、深々と吸い込んだ。

（おお）

ヨーグルトに似た酸味が、鼻奥をツンと刺激する。そこにはオシッコの名残らしき磯くささもあった。

「ああ、すごくいやらしい匂いがするね」

うっとりして告げると、彼女は身をよじって恥ずかしがった。

「ダメダメ、嗅がないでぇ」

「オシッコのあと、ちゃんと拭いてる？　ちょっとくさいよ」

「うう、せ、先輩の意地悪ぅ」

嘆きながらも、目があやしくきらめいている。辱めを受けることで、かえって悦びが高まっているふうだ。

事実、ソファの上でヒップがくねっている。愛らしくも淫らな反応に、信太郎は頭がクラクラした。

（こんなにエッチな子だったなんて）

いかにも小悪魔で、男たちを手玉に取りそうな子が、男の前ではしたない行為を強いられている。特に今夜は見下すような態度をとられていたぶん、快哉を叫びたいほどに小気味よかった。

そのため気が昂ぶり、もっと卑猥な命令を口にする。

「じゃあ、パンツを返すから、もっとよく見せてよ」

「え、どこを？」

「桃香ちゃんのオマンコ」

そこまで露骨なことを言えるなんて、我ながら驚きであった。桃香のほうも目を見開き、驚愕で固まっている。

それでも、信太郎がパンティを前に置くと、暗示にかけられたみたいに右手をそろそろと上へずらした。

「うう……恥ずかしい」

泣きべそ声でつぶやきながらも手は止まらず、濡れた秘苑が徐々に姿を現す。赤らんだ皮膚が縦に裂けてほころんだところから、大きめの花弁がハート型に開いてはみ出していた。

（ああ、これが……）

総務部のマドンナ、いや、アイドルと言うべき女の子の、秘められた部分なのだ。同僚たちでこれを知っている者は、同じ会社の人間とは付き合わないという言葉を信用すれば、誰ひとりいないのである。

第一号になれたことを光栄だと思ったとき、予想もしなかったことに気がつく。彼女のそこに、秘毛がまったく見当たらなかったのだ。

「え、生えてないの？」

びっくりして訊ねると、桃香がクスンと鼻をすする。

「生えてないんじゃなくて、剃《そ》ったんです」

「どうして？」

「そのほうが可愛いし、男の子も喜ぶから」

いたいけな外見に相応《ふさわ》しく、股間をツルツルにしたらしい。彼氏候補の男たちの、ロリ嗜好をくすぐるために。

ただ、剃り跡がまったく目立たないから、もともとかなり薄いのではないか。それがコンプレックスで、だったらいっそと剃毛《ていもう》したとも考えられる。

ともあれ、毛がないから女芯の佇まいがやけに生々しい。愛液で濡れ光っているのもそうだが、花びらの大きさが際立っているのだ。

（すごくいやらしいオマンコだ……）

身を乗り出してよく見ようとしたとき、

「ずるいです、先輩」

桃香が声を震わせて訴えた。

「え？」

「あたしがここまで見せてるんだから、先輩も見せてください」

「……見せてって、何を？」

「オチンチン」

彼女もそのものズバリを口にする。しかも、それだけではなかった。

「ね、いっしょにオナニーしましょ」

そう言って、ハート型の花弁の切れ込みあたりを、中指の先でくにくにと圧迫する。

「ああん」

煽るように色っぽい声を洩らしたのは、ペニスをしごかずにいられないようにするためなのか。

信太郎はベルトを弛めた。そうせずにいられなかったのだ。すでに上着を脱いでネクタイもはずしており、ズボンとブリーフをまとめて脱ぎおろす。

ぴたン――。

ゴムに引っ掛かって勢いよく反り返った分身が、下腹を打つ。下半身をすべてあらわにすると、中心に蕩《とろ》ける視線が注がれた。

「あん、おっきい……すごく立派」

称賛の言葉に、信太郎は得意がって胸を反らした。

「ね、いっしょにオナニーしよ……オチンチン、シコシコして」

淫らな誘いにうなずき、猛《たけ》る剛直を握る。それだけで体幹を快美が伝った。

「むふぅ」

太い鼻息をこぼし、右手を上下させる。余り気味の包皮がふくらみきった頭部を摩擦し、程好い快《こころよ》さに腰が震えた。

「ああん、ホントにシコシコしちゃってるぅ」

自分がそうするよう促しておいて、桃香が理不尽なことを言う。それでも、男の手淫を目の当たりにして昂奮したのか、秘核をこする速度があがってきた。

「あ、あ、すごい。いつもより感じるぅ」

などと口走ったから、習慣的に自慰をしているらしい。常に男を取っ替え引っ替えして愉しんでいるわけではないようだ。

そして、いつもより感じているのは、信太郎も一緒だった。

(ああ、何だこれ……)

見られて恥ずかしいばかりでなく、不思議と誇らしい。自然と大股開きになり、股間を前へ出した。

(おれ、露出狂になったのか?)

それとも男は、勃起した性器を女性に見せつけたい本能があるのだろうか。クジャクの雄が羽を広げたり、グンカンドリの雄が赤い喉袋をふくらませたりして、雌を誘うごとくに。

少なくとも桃香は、亀頭を紅潮させた牡器官に見とれている。男のオナニーに対する興味も増したようだ。

「先輩、こっちに来てください」

情欲に潤んだ目で、彼女がお願いする。

「え、どうして?」

「オチンチンをコスるところ、もっと近くで見たいの」

吐息をはずませる愛らしい女の子が、そんないやらしいことを求めるなんて。だが、信太郎のほうも、見せたい気持ちが高まっていた。

「よし、わかった」

クッションから立ちあがり、前に進む。膝を少し折ると、蕩けた眼差しを見せる桃香の顔と、摩擦される陰茎の高さが等しくなった。

「あん、すごい……アタマのところ、こんなに腫れちゃってる」

見開かれた瞳に、亀頭が映りそうな距離である。カウパー腺液で粘膜がヌルヌルになっているところも、彼女は目にしているのだ。

「先輩、あたしに見られて気持ちいいんですか？」

「うん……すごくいいよ」

「あたしも、先輩にオナニー見られて、恥ずかしいのにすごく感じてるんです」

そう言って、桃香が小鼻をふくらませる。洗っていないペニスが漂わせる、海産物に似た匂いを嗅いだのではないか。それすらも淫心を疼かせているようである。

信太郎のほうは、残念ながらいじられる女芯が見えなくなった。だが、煽情的な喘ぎ声と、彼女の視線だけでイッてしまいそうだ。

（うう、ヤバいかも）

悦楽のトロミが、屹立の根元でフツフツと煮える。早く外に出たいとせがんでおり、このままでは爆発は時間の問題だ。

そのことに、桃香のほうも気がつく。

「あん、ガマン汁が白くなってる。先輩、イッちゃいそうなんですか？」

先走り液の状態から、牡の絶頂が近いことを見抜くとは、なかなかの場数を踏んでいると見える。

「うん……もうすぐかな」

「だったら、オマンコに精子をかけてください」

彼女はいったい、どれほど淫らな台詞《せりふ》のストックがあるのか。この短時間のあいだに可愛い唇が、信じ難いことをポンポンと放っている。

「お願いです。あたしもイキそうだから、精子をオマンコにかけてほしいんです」

できればちゃんとセックスをして、蜜穴の奥にザーメンを注ぎたい。それが信太郎の本心であった。

けれど、愛液で濡れ濡れの秘苑にぶっかけるというのも、なかなかそそられるものがある。

（あ、出そうだ）

迫るオルガスムスが、容易に決心をさせる。

「いいよ。わかった」

信太郎は膝をついた。反り返る発射台を前に傾け、いやらしくほころんだ肉割れを狙う。

「あ、あっ、あたしもイキそう」

極まった声が、射精への引き金となる。

「ううう、で、出る」

硬肉を猛然としごきたて、信太郎は愉悦の波に巻かれた。腰を前後に動かしながら、濃厚な樹液をほとばしらせる。

びゅるン——。

糸を引いた白い固まりが、無毛の陰部でピチャッとはじけた。

「ああああ、あ、熱いーっ！」

のけ反った桃香が、牡の体液で汚れた華芯に、二本揃えた指を突き立てる。いく度も放たれる濁り汁を潤滑液にして、蜜穴をグチュグチュと掻《か》き回した。

「ああ、あ、すごい……イク、イクイクイク、いっくぅうううっ！」

ガクンガクンと腰をはずませ、ザーメンの匂いの中で高みに昇りつめる若い女体。

卑猥すぎる眺めに昂奮がなかなかおさまらず、信太郎は過敏になったペニスをしつこくこすり続けた。

4

長く続くアクメの余韻の中、桃香が閉じていた瞼を開いた。

「……先輩」

虚ろな目で信太郎を見あげる。白濁液で汚れた彼女の指は、まだ膣に嵌まったままであった。

「すごく気持ちよかったよ」

感動を込めて告げると、彼女が首を横に振った。

「あたしはまだです」

その言葉の意味が、すぐには理解できなかった。

(え、イッたんじゃないのか?)

指を挿入した自愛行為で、桃香も昇りつめたはずなのである。なのに、まだ満足していないというのか。

「あたし、オナニーだけじゃダメなんです」

彼女がそろそろと指を抜く。男女の淫液にまみれたそこには、白いカス状の付着物もあった。膣内のオリモノか何かだろう。

「ここに、オチンチンを挿《い》れてください」

淫蕩に潤んだ目が、牡の性器を見つめる。信太郎の手で小刻みにしごかれていたそこは、多量にほとばしらせたあとも強ばりを解いていなかった。

（え、すぐに？）

信太郎は戸惑った。射精したばかりで、即座にセックスへと気持ちを切り替えるのが難しかったのだ。

だが、愛らしい後輩女子が自ら陰唇を開いたものだから、全身に熱気が舞い戻る。

「先輩のオチンチン、あたしのオマンコに挿れてください」

その気になり、信太郎は「うん」とうなずいた。

自慰の見せ合いで達したふたりの性器は、ごく近い距離にある。信太郎が前に進むだけで、すぐに結合できるはずだ。

そして、その通りに行動する。

ふたりの粘膜が接触する。どちらもヌルヌルで、粘液を介して体温が伝わった。

「先輩の、本当におっきい。入るかしら？」

桃香が今さら怯える。特に巨根ではないはずだが、彼女が知っている男はみんな控え目なサイズの持ち主だったのか。

ともあれ、愛液とザーメンでたっぷり潤滑されているから、挿入はたやすいはずだ。

「挿れるよ」

短く告げ、腰を前に送る。予想どおり、肉槍はぬるんと入り込み、裸の股間がぴったり重なった。

「くぅーン」

のけ反った桃香が、可愛らしく喘ぐ。視線をふたりのあいだに戻すと、

「やん、入っちゃったぁ」

と、声を切なげに震わせた。

(うわ、すごくいい)

信太郎もゾクゾクする愉悦にまみれる。射精後で敏感になっている分身を、温かく濡れたものにぴっちりと包まれるのは最高だった。

「気持ちいいよ、桃香ちゃんの中。すごくヌルヌルだから」

「ヤダぁ。それ、先輩の精子ですよ」

「桃香ちゃんのマン汁だって、いっぱい出てたじゃないか」

信太郎は腰をゆっくりと引いた。くびれまで外に出た肉根を、勢いよく蜜窟に戻す。

「きゃふぅン」

甘えた声でよがる後輩女子が、愛《いと》しくてたまらない。小馬鹿にされて腹を立てたのが嘘のように、好意がふくれあがっていた。

その想いを伝えるべく、猛る分身を彼女の中に送り込む。

「あ、あん、んんっ、き、気持ちいいッ」

歓喜で顔を歪ませ、桃香が息をはずませた。

「桃香ちゃん、下を見て」

「え？」

「おれたちが繫がっているところ」

結合部を覗き込み、彼女が「いやぁ」と嘆く。

「ほら、桃香ちゃんのオマンコに、チンポが出たり入ったりしてるよ」

腰を振りながら、信太郎は淫らな言葉を口にした。恥割れに肉色の棒が出入する様は、毛が生えていないために背徳感を覚えるほど痛々しい。

「うん……ああん、いやらしすぎるぅ」

「エッチしてるところ、前にもこんなふうに見たことある？」

「……ううん、ない」

「すごいだろ？　チンポに桃香ちゃんのマン汁がいっぱいついてるよ」

血管を浮かせた筒肉に、白い濁りがまといついていた。それから、さっき桃香の指にも付着していたカス状のものも。

「だから、それは先輩の精子なの」

「このボロボロしてるやつも？」

「うう、知らないッ」

身をよじって恥ずかしがるのが可愛い。もっと苛《いじ》めたくなって、女芯をズンズンと突きまくる。

「いやあ、そ、そんなにしたら、またイッちゃうううッ」

若い女体が再び頂上へ向かう。オナニーで昇りつめたあとだから、イキやすかったのではないか。

（いいよ、イッて）

心の中で告げ、蜜穴を気ぜわしいピストンで攪拌《かくはん》する。

「ダメダメぇ、ほ、ホントにイクぅ」

嬌声を発した後、桃香がからだのあちこちをビクッ、ビクッと痙攣させた。

「イクッ、イクッ、イクイクイクーッ！」

上半身を反らし、絶頂の叫びをほとばしらせる。膣圧が増し、ペニスをぐいぐいと締めつけた。

「――くはぁ」

大きく息をついて脱力した新人女子を、信太郎は間を置かずに責め苛んだ。リズミカルに陽根を出し挿れすると、彼女がうるさそうに顔をしかめた。

「ううう、も、イッたのぉ」

オナニーに続いてセックスでも昇りつめ、さすがに満足した様子である。

しかし、信太郎はまだなのだ。快感は高いところで推移していたものの、射精して間もないために、そう簡単に二度目の爆発は起こりそうにない。

そのため、しつこく抽送を続けていると、桃香が色めいた反応を取り戻す。

「あ、あふ……うう、先輩の意地悪ぅ」

身をよじり、信太郎の胸を拳でポカポカ殴りながらも、喘ぎをはずませた。

「あうう、お、オマンコ壊れちゃう」

禁断の四文字を口にして、悦楽の波濤に巻き込まれる二十三歳。あどけない容貌をハレンチに蕩けさせ、今夜三度目のエクスタシーを迎えた。

「イクイクイク、も、らめなのぉおおおっ！」

舌足らずなアクメ声を張りあげ、全身をガクガクと前後に揺する。今にも白目を剝きそうな、悶絶に近いイキ顔を見せたのち、ぐったりして四肢の力を抜いた。

（すごいな……こんなに感じるなんて）

交わったふたりの人妻を軽く凌駕する、かなりの絶頂感を得ているのではないか。もともと感度が優れているのか、それともお香の効果でここまでになったのかは、信太郎にはわからなかった。

ただ、快感があまりに強烈だったものだから、桃香はそれ以上の責め苦に耐えられなくなったようだ。

「お、お願い。もうやめて」

信太郎がなおも抽送を続けると、彼女が涙をこぼした。

「え、どうして？」

「イキすぎて苦しいの……これ以上されたら、ホントに死んじゃう」

実際、息づかいがかなり乱れている。過呼吸を起こしそうであり、このまま続けたら危険かもしれない。

仕方なく、信太郎はペニスを引き抜いた。勢いよく反り返って下腹を打ったそれが、細かな雫《しずく》を飛ばす。

一瞬、空洞を見せた蜜園から、白く濁った淫汁がトロリとこぼれる。牡と牝の体液が混じった、淫靡な臭気がたち昇ってきた。

「はぁ、ハァ……」

桃香がソファにころりと横になる。胎児のようにからだを丸め、虚ろな表情を見せていた。完全に疲労困憊という様子である。

（もう、セックスするのは無理みたいだな）

それよりも、ちゃんと帰れるのだろうか。泊めてあげることは可能でも、実家住まいの若い娘となれば、両親が心配するであろう。

勃ちっぱなしの分身を見おろし、信太郎は（もう諦めろよ）と胸の内で忠告した。桃香が帰ったあとも萎えなかったら、オナニーをするつもりでいた。

そうすると、後輩女子と肉体を繋げたにもかかわらず、射精はすべて自分の手で済ませるということか。それはかなり虚しいと思ったものの、もはや為す術はない。調子に乗って桃香を責め苛んだ自分が悪いのだ。

「だいじょうぶ？」

声をかけると、彼女が小さくうなずく。ようやく目に光が戻ったものの、すぐには動けそうになかった。

「汗もかいたし、汚れちゃったから、シャワーを浴びたほうがいいね」

「はい……」

「じゃあ、脱ごうか」

腕を取ってソファに坐らせると、ブラウスにスカート、ブラジャーも取り去って素っ裸にさせる。信太郎もその場で全裸になると、ミルクみたいな甘い香りを漂わせるヌードを、面倒だとばかりにお姫様抱っこした。小柄だから、それほど重くない。

「あ――」

そのときは恥ずかしそうに身を縮めたものの、信太郎が立ちあがって歩き出すと、桃香は首っ玉にキュッとしがみついた。怖いのではなく、甘えるみたいに。

「すみません……」

殊勝《しゅしょう》に謝るのがいじらしい。頬ずりしたくなるような肌のなめらかさと、どこもかしこもふにふにと柔らかなボディに昂ぶりつつ、彼女をバスルームへ運ぶ。

立っているのがつらそうだったので、信太郎は後輩女子を浴用椅子に腰掛けさせた。柔肌の汗をシャワーで流したあと、脚を開かせて股間も指で丁寧に清める。

「ああン」

桃香は切なげな声を浴室に反響させたものの、もう一度ベッドインという気にはなれなかったようである。

ボディソープも使って頭以外の全身を綺麗にしてあげたのは、親に気づかれたらまずいと、淫行の証しを消し去るためでもあった。そのあと、信太郎も自分のからだをざっと洗った。

その頃には彼女も、どうにか歩けるまでに回復したようである。

リビングに戻ると、お香はすでに燃え尽きて、匂いも消えていた。桃香が身繕《みづくろ》いをするのを横目に見ながら、信太郎は私服のポロシャツとハーフパンツに着替えた。

「それじゃ、駅まで送るよ」

「はい……すみません」

「降りる駅はふたつ隣だったよね。家はそこから遠いの？」

「歩くと十分ぐらいですけど、タクシーに乗ります」

「うん。もう遅いから、そのほうがいいね」

この部屋に来たときとは打って変わって、彼女はすっかり従順になっていた。部屋を出て階段を一階まで下りるあいだも、エレベータがないなどと愚痴ることはなかったのだ。

それどころか、信太郎の腕に縋《すが》りつき、親密な態度を示したのである。

（これはもしかしたら――）

セックスで感じさせてくれたことから好意を抱き、それが恋心に発展しつつあるのではないか。

（いや、そもそもおれの過去の恋愛を質問したり、団地にまでついてきたのは、男として気になっていたからかもしれないぞ）

だとすれば、これから桃香と付き合える可能性が大だ。

信太郎はすっかり浮かれ気分であった。何しろ総務部内で、いや、社内でも一番可愛いに違いない女の子と恋仲になれるのだから。みんな羨《うらや》ましがるし、株も上がるだろう。仕事でも見直してくれるようになるのではないか。

そのとき、由希の顔がチラッと脳裏に浮かぶ。できれば仲良くなりたかった女性であるが、残念ながら欲望本意の企みで先走り、逃げられてしまった。

しかも、つい昨日のことなのだ。

おかげで、普段なら遠慮する飲み会に出席したほど落ち込んでいたものの、桃香と付き合えるようになれば、すべて帳消しだ。由希のことはきっぱり諦められる。

まあ、キスだけで終わってしまったのは、心残りだけれど。

（いや、今はそんなことを考えている場合じゃない）

親しげに腕を絡めてくる愛しい後輩を、今は大切にしよう。そう心に決めて団地の建物を出て、少し歩いたところで桃香が周囲をキョロキョロと見回した。

「ん、どうかしたの？」

「あ、ええと」

要領の得ない返事をしてから、彼女があさっての方向を指差す。

「あそこって公園ですか？」

「え？　ああ、そうだけど」

団地の敷地のはずれ、低い生け垣で囲まれたそこは、住人が主に利用する公園であった。

ここができたばかりで、子供が大勢いたときには、毎日歓声が響いていたのではないか。けれど、すでに遊具は取り払われ、ベンチや水飲み場、花壇が残っているだけである。植えられている木が大きく育ち、いい具合に日陰もできて、今では年寄りが散歩のときに立ち寄るぐらいであった。

「あそこに行きませんか？」

桃香の提案に、信太郎は目をぱちくりさせた。

「え、今から？」

「はい」

「あんなところ、何もないよ」

「だからいいんです」

訳がわからず戸惑う信太郎の腕を、彼女は強引に引っ張った。

公園には外灯がひとつしかない。高い木が何本も生えていることもあって、どうにか見渡せる程度の薄暗さだ。当然ながら、ひとの姿はない。

「こっちに来てください」

桃香が足を進めたところは、高さが四メートル近くある、イチョウの木の陰であった。九月だからまだ葉っぱは色づいていない。黄葉を楽しむわけではなさそうだ。

彼女は外灯の光とは反対側の、陰になった側の幹に背中をあずけ、信太郎と向かいあった。

「あたし、エッチであんなに気持ちよくなったのって、初めてなんですよ」

唐突な告白に、信太郎は「う、うん」とうなずいた。胸が高鳴っていたのは、あやしい雰囲気を感じ取っていたからである。

(ひょっとして、別れを惜しみたいのかも)

恋人同士のように抱擁やキスをしてから、さよならをしたいのかと思ったのだ。

「たぶん、そのせいだと思うんですけど……まだ、からだが熱いんです」

「え？」

「アソコがムズムズしてるんです」

暗がりでも、桃香の頬が赤く染まっているのがわかった。あの場はもうできないと拒み、シャワーを浴びてさっぱりしたはずが、疼きが蘇ったというのか。

（お香の媚薬効果が、まだ残っていたのかも）

若いから肉体が素直に反応し、影響も長く続くのかも知れない。

「も、桃香ちゃん……」

「先輩だって、あたしのオマンコの中に精子を出したいですよね」

淫らな台詞に目眩を覚える。つまり彼女は、この場で中出しをさせるつもりなのだ。

信太郎の右手が取られる。導かれた先は、後輩女子のスカートの中であった。

（えっ⁉）

心臓がバクンと大きな音を立てる。あるはずのパンティが感じられず、指先にヌルッとしたものが触れたのである。

「あん」

桃香が喘ぎ、柔らかな内腿で男の手をギュッと挟み込んだ。

「ね、こんなに濡れてるんです」

身繕いをしたとき、彼女がパンティをちゃんと穿くかどうかなんて確認しなかった。あるいは、そのときからこうするつもりで、ノーパンでここまで来たのだろうか。

(うわ、こんなに……)

濡れた裂け目を指先でなぞれば、切なげな呻きが静寂を破る。本当にもう、男が欲しくてたまらなくなっているのだ。

「いいですよね、先輩も」

桃香は信太郎のハーフパンツに両手をかけると、中のブリーフごと膝までおろした。エロチックな展開にふくらみかけていたペニスが、いたいけな指で捉えられる。

「むふふぅ」

快美の鼻息がこぼれ、海綿体が血液を緊急集合させる。そこはたちまち最大限の力を漲らせた。

「あん、すごく硬い」

ゆるゆるとしごかれたところで、信太郎は気がついた。彼女に握られるのは、これが初めてであることに。オナニーの見せ合いで射精したあと、すぐにセックスをしたから、愛撫してもらえなかったのだ。

（うう、気持ちいい）

献身的な奉仕に、昂奮もひとしおだった。こんなところでしていいのかという思いが、たちまち雲散霧消するほどに。

ただ、長い時間はかけられない。帰りが遅くなったら、桃香の両親が心配する。とりあえずふたりで昇りつめれば、彼女も満足するだろう。

（そうさ。これから付き合うようになれば、何回でもできるんだから）

ここで無理をして時間をかける必要はない。それに、誰もいないとはいえ戸外だから、いつひとが来ないとも限らないのだ。

「じゃあ、すぐに挿れてあげるよ」

「うん」

桃香がわくわくした顔つきで背中を向ける。スカートの後ろ側を大きくめくって、くりんと丸いおしりをあらわにした。

色白でふっくらしたそこは、明かりが不足していても輝かんばかりだ。信太郎は分身の根元を握り、先端を尻割れの狭間にもぐり込ませようとした。

しかし、寸前で思いとどまる。

（待てよ。これだとまずいかも）

立ったままするのであれば、バックスタイルが最もやりやすい。バスルームで朝美と交わったときがそうだった。

けれど、さっき部屋で過ごしたひとときを思い返し、これだと不測の事態への対処ができないことを悟ったのだ。

「桃香ちゃん、こっちを向いて」

「え？」

「向かいあってしたほうがいいよ」

怪訝《けげん》な面持ちを見せる彼女を、再び幹を背に立たせる。片脚を腕に引っかけて持ちあげて、挿入しやすいようにした。

(よし、これなら——)

信太郎は腰の位置を下げ、真下から女芯を貫いた。

「あ、ああっ」

対面立位での結合に、桃香が焦りに似た声を洩らす。夜の公園に、それがかなり響いた。

(やっぱりだ)

根元まで挿入すると、信太郎は彼女の唇を塞いだ。その瞬間、からだが強ばったも

の の、あとは抵抗することなくくちづけを受け入れる。

（これでだいじょうぶだ）

かぐわしい吐息を味わいながら、信太郎は腰を突きあげるように動かした。

「うっ、むッ——むふふぅ」

桃香が呻き、鼻息をこぼす。向かいあって唇を重ねたのは、いやらしい声を出させないためだった。部屋で彼女が派手によがったのを思い出したのである。

舌を差し入れると、甘えるように自分のものを絡めてくれる。そうやって上も下も繫がることで、悦びも深くなるようだ。

（ああ、気持ちいい）

唾液の甘さにもうっとりしつつ、リズミカルな抽送を心がける。ふたりで同時に昇りつめるために。

この体位は、脚と腰がかなりつらい。ずっと続けるのは困難であり、そのためにも早く頂上を迎える必要があった。

（頑張れよ）

自らを励まし、うっとりする快さにもひたる。住まいである団地の敷地内で淫らな行為に耽る背徳感も、性感を高めるエッセンスになっていた。

「ん、ん、んんッ、む――ふは」

信太郎にしがみついた桃香が、くぐもった喘ぎをはずませる。たっぷり濡れていた蜜穴が、ちゅぷちゅぷと卑猥な音をこぼしていた。滴った淫液が、彼女の内腿を伝っているのではないか。

間もなく、女体が高潮に達する。汗ばんで甘酸っぱい匂いを振り撒《ま》き、塞がれた唇の隙間から艶声を洩らして。

「ンふっ、んんんんっ、むふふふふふぅううっ！」

ガクガクと暴れるボディを強く抱き締め、信太郎も熱い滾《たぎ》りを子宮口にたっぷりと放った――。

公園を出てしばらくは、桃香の足取りは覚束なかった。達したのは一度だけでも、夜の公園というシチュエーションに昂奮したらしく、かなり強烈なオルガスムスが得られたようだ。

信太郎も足腰に気怠さが残っていたものの、彼女と腕を組み、男らしくしっかりとリードした。ただ、心配なことがひとつある。

（本当にだいじょうぶかな？）

彼女はノーパンのままなのだ。中出しされ、逆流したザーメンをポケットに入れていたパンティで拭ったため、汚れて穿けなくなったのである。

「帰るとき、電車の中や駅の階段で気をつけるんだよ」

それとなく注意すると、桃香は「え、なにを？」と訊き返した。

「ここだよ」

スカートの上から、おしりを軽く叩く。すると、彼女が上目づかいで睨んできた。

「エッチ。あたしがノーパンなのは、先輩のせいなんですからね」

責任を転嫁されたところで、前方からやって来る人影に気がつく。別にかまわないかと、桃香とぴったり身を寄せて歩き続けたのであるが、街灯に照らされたその女性の顔を見るなり、心臓が止まりそうになった。

（あ――）

声にならない声を上げたところで、向こうもこちらに気がつく。訝る眼差しでふたりをじっと見て、すれ違うときにペコリと頭を下げた。

「こ……こんばんは」

信太郎が焦り気味に挨拶をしたときには、彼女の姿は視界から消えていた。

「今の誰なんですか？」

桃香が訊ねる。信太郎は喉の渇きを唾液で潤しながら、どうにか答えた。

「上の階に住んでいるひとだよ」

キスをして逃げられたリケジョ、由希だったのだ。

第四章　お姉さまの逆転プレイ

1

「はあ――」

桃香の膣奥に射精したのち、信太郎は身を剥《は》がして仰向《あおむ》けになった。

（気持ちよかった）

薄汚れた天井を見あげ、たった今の行為を反芻する。

ここは歌舞伎町のラブホテルである。会社帰りに彼女と落ち合い、食事をしたあと入ったのだ。

セックスしようと誘ったのは、桃香のほうである。

（昨日の今日なのに、ずいぶん積極的だよな……）

そんなことを考えるあいだに、後輩女子が身を起こす。ベッドから降りて、可愛いおしりを見せつけるようにぷりぷりさせながら、バスルームに入った。

彼女と初めて結ばれたのは、昨晩のことだ。見せっこオナニーや、夜の公園での青姦など、かなり濃いめのひとときを過ごした。

なのに二日続けてまた交わったということは、それだけ桃香が自分に夢中であることの証しだ。

（これでおれと桃香ちゃんは、完全に恋人同士だな）

しかしながら、直ちに同僚たちの前で発表とはならないだろう。

もともと彼女は、同じ会社の人間とは付き合わない主義であった。おそらく、ふたりでいるところを冷やかされるのが嫌なのだ。だから当分は秘密にして、いよいよ婚約となったら上司のほうからみんなに伝えてもらうと、そういう流れがいいのではないか。

これからのことを計画しながらも、信太郎の胸には一点の曇りがあった。というより、引っ掛かって離れない、喉の奥に刺さった魚の骨みたいなものが。

（……由希さん、どう思っただろう）

昨夜、桃香と一緒のところを見られたことが、胸の内にモヤモヤを生じさせていた。

しかも、いかにも恋人同士のように仲睦まじくしていたのだ。

さすがに公園でセックスしたあとだとは、悟られなかっただろう。だが、深い関係であることはわかったのではないか。

由希とキスをして、下着の中をまさぐったのは、つい一昨日なのだ。その舌の根も乾かぬうちに、他の女の子とよからぬことをしたわけである。とんでもないプレイボーイだと軽蔑されたかもしれない。

(ええい、そんなこと、どうでもいいじゃないか！)

悶々とした気持ちを振り払ったのは、罪悪感で押し潰されそうになったからだ。

(そもそも由希さんとは付き合っていたわけじゃないんだ。彼女がキスしたら逃げたものだから、こういうことになったんだ。おれのせいじゃないぞ！)

もっとも、お香の力であわよくば由希を抱こうとしたのである。原因をこしらえたのは信太郎なのだ。それでうまくいかなかったからといって、他の女性に手を出したというのは、あまりに虫がよすぎやしないか。

内なる声に責められて、信太郎は頭を掻きむしりたくなった。まったくモテなかったヘタレのくせに、妙な力を使っていい目にあうことを目論んだのが、そもそも間違いだったのか。

（とにかく、おれは桃香ちゃんの彼氏になれたんだ。他の女性のことは一切忘れて、彼女だけを愛すればいいんだ）

決心し、えいやと勢いよく起きあがる。バスルームに行って、桃香とイチャイチャしようと思ったのだ。洗いっこして、何ならバスルームでも交わろうと。

ところが、信太郎がドアを開ける前に、からだにバスタオルを巻いた彼女が出てきたのである。

「え、もう終わったの？」

「うん」

おまけに、ベッドの脇のソファに放ってあったパンティを手に取り、穿いてしまう。さらにブラジャーも着けて、ふたりの時間は終了という趣である。

（え、もう終わり？）

これから二回戦だと息巻いていた信太郎は、完全に出端をくじかれた心境であった。

「ひょっとして、このあと用事があるの？」

訊ねると、桃香は服を着ながら「ううん」と首を横に振った。

「じゃあ、早く帰るようにご両親に言われたとか」

昨日、遅くなったから、門限をしっかり守るよう叱られたのかと思ったのだ。

「ううん。そんなことないです。ウチはそういうの厳しくないから」

彼女はバッグから手鏡を取り出すと、メイクをチェックした。チークをつけ、口紅を塗り直す。

やけに余所余所しい態度に、信太郎は不吉な予感がした。

「あの、桃香ちゃん――」

声をかけると。後輩女子がこちらを見る。真っ直ぐな視線にたじろぐと、彼女はやれやれというふうに肩をすくめた。

「あたし、やっぱり先輩とは合わないみたい」

突き放す台詞に、目の前の景色が遠のく。

「――ど、どうして？」

ようやく疑問を口にすると、桃香がため息をついた。

「相性がよくないんです」

「何の？」

「エッチです」

これには、信太郎は唖然として言葉を失った。

「昨日、すごく気持ちよかったから、あたしと先輩ってカラダの相性が抜群なんだって思ったんです。お付き合いするのに、それっていちばん大事なことだから」

彼女は何よりもセックスの相性を優先しているらしい。昨夜の言動を振り返れば、なるほどそうだなと納得できる。

「でも、今日は全然よくなかったんです。まあ、ちょっとは気持ちよかったですけど、これならオナニーのほうがマシかなってレベル」

確かに、さっきの交わりでは、桃香は切なげに喘ぐぐらいで、昇りつめることはなかったのだ。だからこそ二回戦で、たっぷり可愛がってあげようと思ったのに。

けれど、それは彼女にとって、時間の無駄でしかないらしい。

「そういうわけで、あたしの出した結論は、ゆうべのアレはたまたままぐれで感じただけっていうか、何かの間違い。だから、先輩とはこれっきりにします」

「こ、これっきりって……」

「はっきり言えば、彼氏候補不合格です。候補はたくさんいるから、ひとりに時間がかけられないので、見込みがないのはさっさと切り捨てることにしてるんです。悪しからず」

さらりと告げたところを見ると、敗者復活の見込みも、未練もまったくないようだ。おまけに、恩着せがましいことを口にする。

「だけど、先輩はあたしとエッチできただけでもラッキーですよね。これからの人生、あたしよりも可愛い子とエッチすることなんて、絶対にないでしょうから」

断言し、ニッコリと笑う。小悪魔というより、まんま悪魔に見えた。

「それじゃ、これからあたしたちは、単なる職場の先輩後輩なので、馴れ馴れしくしないでくださいね。妙なことをしたらセクハラで訴えますし、何なら接近禁止命令も出しますから」

笑顔で恐ろしいことを告げ、くるりと踵を返す。

「それじゃ、ここの支払いはお願いします」

何も言えずに固まった信太郎の耳に、部屋のドアの閉まる音が、やけに重々しく響いた。

2

その週末――。

(まったく、何だっていうんだよ!)

信太郎は休日の真っ昼間から荒れていた。とは言っても、べつに暴れたり、酒をかっ喰らったりしていたわけではない。団地の部屋でひとり悶々とし、時おり頭を掻きむしっていたぐらいである。

ただ、心の中は嵐が吹き荒れていた。

絶対に付き合えると確信していた桃香から別れを告げられ、信太郎は激しく落ち込んだ。仕事が手につかなくなり、たるんでると上司から叱責されるほどに。

いや、あれは別れなんてなま易《やさ》しいものではなかった。セックスがよくなかったなんて、男として落第だと宣告されたにも等しいのである。彼女はからだの相性がよくないとオブラートに包んでいたが、もっと女性を歓ばせるテクニックを磨けということなのだ。

そして、もうひとつ気づいたことがある。あのお香は媚薬効果があるだけでなく、どうやら女性の性感も高めるらしい。だから桃香はあの夜激しく感じまくり、外でも求めたのだ。

つまり、涼子や朝美が感じたのも自分の手柄ではなく、お香のおかげだったことになる。

（ま、それもそうだよな……）

素人童貞で経験が浅かったくせに、人妻を簡単に絶頂させられるはずがない。なのに、己の腰づかいが素晴らしかったと思い込んでいたわけである。

　おかげで、信太郎はすっかり自虐的になっていた。

　考えてみれば、桃香がペニスの逞しさに怯えたのだって、お香がそのような幻覚を見せていた可能性もある。信太郎のモノは普通サイズだし、何人もの男を試したらしき後輩女子が、短小にしか巡り会わなかったわけがないのだ。

　いい気になっていた自分が恥ずかしい。まったく、穴があったら入りたかった。もちろん、穴といっても膣ではない。

　桃香にフラれたのは一昨日である。そのショックのせいだろう。昨日から一度も勃起していない。いつもならギンギンになる朝も、ペニスはおとなしく縮こまったままだった。

　このままインポになってしまうのだろうか。二十八歳で勃《た》たなくなるなんて、あまりに悲しすぎる。結婚もできず、ひとりっきりの寂しい余生を送ることが、早くも確定だなんて。

（こんなことなら、桃香ちゃんに手を出したりしないで、由希さんにちゃんと謝ればよかったんだよな）

　お香のことまで打ち明けずとも、付き合っていたわけでもないのにキスをしてごめんなさいと、誠意を持って謝罪するべきだった。そうすれば許してもらえたのではないか。

しかし、今となっては遅すぎる。あの翌日に、桃香とベタベタしているところを見られたのだから。女性なら誰でもよくて、すぐに手を出すいい加減な男というレッテルを貼られたのは、想像に難くない。

一昨日、昨日と、信太郎は由希を見ていなかった。毎日顔を合わせていたわけではなく、単にタイミングが合わなかっただけなのだろう。なのに、避けられているに違いないとすら思えた。

こんな女性の敵が住む団地にはいられないと、彼女は引っ越しも考えているのではないか。などと、思考がどんどんネガティブになる。このままでは、心がポキリと折れそうだ。いや、すでに折れかかっている。

いつまでもウジウジしていても仕方がない。気分転換をすべきだと思っても、信太郎には何も思いつかなかった。普段の休日も、エロＤＶＤを借りてオナニーをするのが関の山なのだ。それすらも、分身が勃たないのでは話にならない。

いっそベランダから飛びおりて、この世とおさらばしようか。そこまで思い詰めたところで、部屋のチャイムがピンポーンと鳴った。

（……荷物かな？）

宅配便が来たのかと考え、ハッとする。

（あ、ひょっとして朝美さんが──）

若妻配達員が来たのかもしれないと色めき立つ。男としての機能が期待できない今、からだで慰めてもらおうなんて甘い希望を持ったわけではない。笑顔を見れば多少は救われるかもしれないと思ったのだ。

急いで玄関に出て、ドアを開ける。そこにいた女性に、信太郎は目を見開いて驚愕した。

（──え、どうして？）

あいにくと、期待した若妻ではなかった。ただ、会いたかった人物であるのは確かだ。しかも、二度と顔を見られないと思っていた相手。

「こんにちは」

照れくさそうな笑みを浮かべた黒縁眼鏡の彼女は、由希であった。

今日の装いは、白いブラウスにベージュのロングスカート。いつになく女らしい身なりだなんて言ったら、叱られるだろうか。だが、由希がスカートを穿いているのを見たのは、これが初めてであった。

「あ、ああ、あの、どうも」

うろたえる信太郎に、彼女がペコリと頭を下げる。

「このあいだはごめんなさい」

「え？」

「コーヒーをご馳走になった晩、わたし、関谷さんを突き飛ばしたじゃないですか。

あのことを謝りたくて」

キスをしたときのことだと、すぐにわかった。すまなそうな顔をされ、信太郎のほうが罪悪感にまみれる。

「い、いえ、あれはおれも悪かったんです。由希さんにいきなりあんなことをしたものだから……突き飛ばされて当然なんです」

謝罪すると、由希はそのことについては何も言わなかった。代わりに、

「それで、お詫びというわけでもないんですけど、今日は関谷さんを我が家にご招待しようと思いまして」

「え？」

「とは言っても、出せるのはお茶ぐらいですが。もしもお時間があるようでしたら、これから来ていただけませんか」

「はい、行きます。是非伺わせていただきますっ！」

前のめり気味に即答したのは、これは彼女と仲直りできるチャンスだと思ったからだ。桃香にフラれた今、信太郎が甘えられる女性は由希しかいない。

着替えようとすると、そのままでいいと言われ、半袖シャツにハーフパンツのラフな室内着で五階に向かう。すぐ真上のリケジョの部屋は、当然ながら信太郎のところとまったく同じ間取りであった。

違うと言えば、室内に置いてあるものである。いや、由希の住まいは、部屋の隅に段ボール箱が置いてあるぐらいで、物らしい物がほとんどなかったのだ。

（仕事が忙しくて、まだ引っ越しの荷物を開けていないのかな？）

もっとも、通されたのはリビングだから、他の部屋はちゃんと片付いているのかもしれない。

「こちらにお坐りになってください」

フローリングの床に厚めの座布団が置かれ、信太郎はそこに正座した。向かいにも座布団を敷くと、由希が隣の部屋に入る。間もなく戻ってくると、手にグラスのようなものを持っていた。

「これ、わかりますか？」

向かいに坐った彼女が、ふたりのあいだに持ってきたものを置く。飲み物のグラスかと思えば、中は液体ではなく、赤みがかった固形物が詰まっていた。さらに、中心にローソクみたいな芯が出ている。

「ええと、ローソクですか？」

「そうですね。正確にはアロマキャンドルです」

由希がスティック状のライターで火を点ける。オレンジの炎が、かすかな煙を立てだした。

そして、なんとも言えない良い香りが漂う。

「いい匂いですね」

素直な感想を述べると、彼女がニッコリ笑った。レンズの向こうの目が、愛らしく細まる。

「実は、わたしが研究しているのはこれなんです」

「え、アロマの研究なんですか？」

「正確に言えば、香りが人間に与える影響と効果ですね」

想像していたよりも身近で、言い方は悪いがあまり科学的っぽくない研究内容だったものだから、信太郎は意外に思った。遺伝を決定づける物質とか、ナントカ細胞とか、もっと小難しいことをしているのではないかと思っていたのだ。

「じゃあ、このアロマキャンドルにも、何か効果があるんですか？」

「ええ、そうです」

「どんな効果なんですか？」

「当ててみてください」

悪戯《いたずら》っぽい微笑は、難しいクイズを出題して得意がっているかのよう。信太郎は腕組みをして考え込んだ。

（そもそも何の香りなのかな、これ？）

色は花っぽいものの、そこまで甘い香りではない。ただ、植物由来であることは間違いなさそうだ。

（んー、だとすると、普通にリラックス効果なのかな）

だが、それではありきたりだ。由希のように聡明な女性が、そんな簡単な問題を出すわけがない。

信太郎はキャンドルに顔を近づけ、漂うものを深々と吸い込んだ。それで自分に何か変化が生じないか、確かめようとしたのである。

（あれ？）

ふと、記憶の底に引っ掛かるものがあった。以前にも嗅いだことがある気がしたのだ。

しかし、それがいつのことで、何の匂いなのかは思い出せない。もしかしたら、単なる勘違いか錯覚かもしれなかった。

(だけど、そもそもアロマの効果なんて、リラックス以外に何かあるのかな……あ、そう言えば、頭痛が楽になるって聞いたことがあるぞ)

では、病気の治癒が期待できるものなのか。もしもそうなら、健康体の信太郎は確かめようがない。

あとは特に眠くならないから、安眠効果ではなさそうだ。頭がすっきりしてクレバーになるのかなとも考えたが、こうして頭をひねっても答えが見つからないところをみると、そっちの効き目はないらしい。

「降参です。わかりません」

観念して頭を下げると、由希が怪訝そうに首をかしげた。

「え、本当にわからないんですか?」

「はい」

「そうなんですか……」

落胆した面持ちを見せられ、信太郎は焦った。

（え、そんながっかりするようなことなのか？）

ということは、自分たちに関係しているのだろうか。けれど、知り合ってまだ日が浅いし、それこそ恋人同士の記念日に当たるような思い出などないのだが。

いや、ひとつだけあった。

（てことは、このあいだのキスに関係が？）

嗅ぐとキスしたくなるアロマだとか。だが、そこまでの衝動は湧いてこない。

ただ、アロマの効果とは関係なく、由希と唇を交わしたときの感触が、ありありと蘇った。

（柔らかかったな、由希さんの唇……）

唾液もトロリとして甘かった。それに、息ばかりでなく、全身がいい匂いを漂わせていたのだ。

ビク――。

下半身に生じた感覚に、信太郎は（え？）となった。それが股間を起点にしたものであると理解するなり、表情には出さず心の中で狼狽《ろうばい》する。

（おいおい、どうしてこんなときに……）

いつの間にかペニスが膨張していたのだ。しかも、朝勃ちさながらの猛々しいエレクトである。

由希とのキスを思い出し、昂ぶってしまったらしい。丸一日以上も勃起していなかったぶんを肉体が取り戻したのか、痛いほどに漲っていた。

穿いているのは柔らかい素材のハーフパンツだ。今は匂いを嗅ぐため前屈みになっているから、見られる心配はない。けれど、からだを起こしたら股間のテントが丸わかりだ。キスして秘部をまさぐったのに続き、また性懲《しようこ》りもなく発情したのかと、今度こそ人間性を疑われるだろう。

どうしようと困っていると、目の前のリケジョがすっと立ちあがる気配があった。

「それじゃあ、ヒントになるものを持ってきますね」

彼女が再び隣の部屋へ行く。信太郎は身を起こすと、ガチガチに強ばったイチモツのポジションを直して、ふくらみが目立たないようにした。

（ふう、危なかった）

ようやく安堵したとき、由希が現れる。手には派手な装飾の器があった。穴の開いた蓋付きで、そこから煙がたち昇っている。

「え、それは——」

「香炉です」

さらりと言って、彼女が座布団に正座する。アロマキャンドルの横に香炉を置いた。

「実は、このアロマキャンドルの成分は、このお香から抽出したものなんです」

「へえ」

そのとき、信太郎が密かに考えたのは、このあいだ自分もお香を焚いたから、こんなものを用意したのかということだった。

（まさか、あのお香のせいでおかしくなったって、気がついたんじゃ……）

いや、そんなはずはないと自らに言い聞かせたとき、由希が思わせぶりに口角を持ちあげた。

「このお香も、南米のものなんですよ」

「え？」

「ただ、使われている原材料は違いますけど。関谷さんが買ってこられたのは、材料にコーメオレヌという南米原産の樹木が使われているはずです」

そんなことまでわかるのだから、彼女は香り成分にかなり詳しいようだ。南米に関心があるどころか、研究対象でもあったわけである。

（――いや、感心してる場合じゃないって）

材料がわかるということは、当然、その効用も知っているのだ。それから、どうしてあのとき唇を許したのかも。

「あ、あの、由希さん――」

焦って弁明しようとした信太郎を、由希は鋭い視線で制した。

「コーメオレヌには催淫効果があるんです。それも、女性にのみ働く。要は媚薬みたいなものですね」

「え、ええと」

「ただ、ああいう奇妙な色使いのお香は、わたしも初めて見ましたので、他の材料も使われているはずです。たとえば、性的な感覚を高めるようなものであるとか――」

「す、すみませんでしたっ!」

信太郎は床に額をこすりつけて謝罪した。

「あ、あの、そういうあやしい効果があるお香だって、最初から知っていたわけじゃないんです。あれは本当に母が買ったもので、おれは体よく押しつけられたので」

レンズの奥の目が、探るように見つめてくる。そのため、信太郎は自ら企みを白状した。

「ただ、その、あのお香を焚いたら、ちょっといいことがあったもので……それで、本当にあのお香のせいでそういうことになったのか確かめようと、由希さんに使ってしまったんです」

　さすがに隣の人妻や、宅配便の若妻とまでセックスしたなんて言えるはずがない。

　ところが、由希がすべてお見通しというふうにうなずく。信太郎は俎上《そじょう》の魚も同じであった。

「じゃあ、どうしてわたしが部屋に行ったときに、あれを使ったんですか？」

「あ、えと……由希さんに魅力を感じていたもので、だからその――」

「それでキスをしたり、アソコをさわったりしたんですね」

　確認ではなく断定の口調だ。ここは素直に認めるしかない。

「そのとおりです。まったくもって卑劣な行動だったと、深く反省しております。どうかお許しください」

　平身低頭の信太郎に、由希は「わかりました」とうなずいた。

（……そうか。お香の成分がわかったから、由希さんはあの場から逃れることができたんだな）

　おそらく、効果が現れたときの対処も研究しているのではないか。ただ、その方法までは見当がつかなかったが。

するると、さらに突っ込んだことを訊かれる。

「でも、あの翌日に、可愛らしい女の子といっしょにいましたよね。あれは彼女さんかしら？」

「ああ、いえ、会社の後輩で、団地の部屋がどんなものか見たいと、無理やりついてきたんです」

「無理やり？　やけに仲がよさそうでしたけど」

「いや、それは――」

「あのお香を使ったんですね？」

信太郎は観念して「そうです」と認めた。

「生意気な態度をとられて腹が立ったので、懲らしめるつもりで。それに、由希さんに嫌われたかもしれないって落ち込んで、自棄になっていたところもあったんです」

「そうなんですか。その後、彼女とはどうなったんですか？」

「……フラれました」

「でしょうね」

由希がやれやれというふうに肩をすくめる。

「香りで女性を惹きつけても、それは一時的なものなんです。あとは本人に魅力がなければ、逃げられるのは当然です」

これでは、あなたには魅力がないと断定されたにも等しい。とは言え、事実その通りだから反論もできなかった。

「肝に銘じます」

情けなさにまみれて答えたところで、ふと思い出す。

「あの、それじゃ、由希さんが持ってきたこのお香の効果っていうのは――」

訊ねると、彼女が「ふふっ」と笑みをこぼした。

「このお香の主な成分は、同じく南米の植物で、コンチツタという野草なんです」

「はあ……それで、効能は？」

「もう出てるはずですけど」

「え？」

そのとき、股間の分身がビクンとしゃくり上げる。悪事を暴かれ、情けない告白をさせられたにもかかわらず、そこは萎えていなかったのだ。

（あ、まさか――）

蒼ざめた信太郎に、由希が決定的なひと言を投げかけた。

「関谷さん、勃起してるでしょ」

3

（うう、恥ずかしい）

信太郎は羞恥にまみれ、身の縮む思いを噛み締めた。もっとも、ペニスは縮むどころか、さらに勢いを増しているようである。

「すごいわ。効果覿面《てきめん》ね」

男を発情させる成分でこしらえたアロマキャンドル。それを自分が使っておきながら、由希が他人事みたいな面持ちでうなずく。

いきり立つ牡器官を前にして平然としているのは、かつて人妻だった余裕からか。それとも、勤務する研究所でこういう人体実験になれているためなのか。

ふたりは寝室にいた。信太郎は素っ裸で、ダブルサイズのベッドの真ん中に仰向けで寝ている状態。股間を隠すことは許されず、恥ずかしいところを余すことなく観察されていた。

ベッドの脇に立つ由希は、白衣を羽織っている。あんなことをした罰として、実験に協力するよう命じられたのであるが、その姿はまさに研究者そのものだ。

（まさか、おれを解剖するんじゃないだろうな……）

不安に苛《さいな》まれる。さすがに、自分のベッドを血で汚すようなことはしないだろうが、モルモット扱いされるのは確実だ。

「あ、あの、何をするんですか？」

恐る恐る訊ねると、美人研究員は鼻先で人差し指を立てた。

「被験者の質問は禁じられています」

勝手なルールを押しつけられても、そもそも自分が蒔《ま》いたタネだから、受け入れるしかなかった。

室内に靄がかかったようになっているのは、あのお香を焚いているからだ。さらに、最初に見せられたアロマキャンドルも、部屋のあちこちで灯っている。窓のカーテンをぴったり閉めているため、ローソクの明かりで寝室は幻想的な雰囲気に満ちていた。

「さわりますよ」

由希がそそり立つシンボルに手をのばす。本当の実験のときにはラテックスの手袋を着けるのであろうが、彼女は素手だった。

おかげで、肉胴に巻きついた指の柔らかさをダイレクトに感じられた。

「おおお」

信太郎は尻を浮かせて喘いだ。ペニスを起点にして広がった歓喜の震えが、手足の先にまで到達したのだ。

「まあ、すごく硬いわ」

バツイチ美女が感心してうなずく。呼吸を荒くする信太郎の顔を見て、

「普段と比較して、勃起具合はどう？」

と、研究者の口振りで訊ねた。

「ええと、比べものにならないぐらいすごいです」

「なるほど。自覚もあるわけね」

握りに強弱を加えながら、彼女が手の位置を少しずつ移動させる。すべての部位の硬度を確認したようだ。

本人にその意図はなかったのかもしれないが、信太郎にとってはただの愛撫である。快感が高まり、開いた脚を緩い角度で曲げ伸ばしした。

（うう、気持ちいい）

勃起が著しいせいか、いつもより感じる気がする。それとも、好意を寄せていた女性に愛撫される心情的な喜びが、性感を高めているのだろうか。

「あああッ」

信太郎がひときわ大きな声を上げてしまったのは、由希の左手が陰嚢に添えられたからだ。ほんの軽いタッチだったのに、目がくらむほどの快さが生じたのである。

「睾丸も大きいわね。昨日、射精した？」

「い、いいえ」

「そうすると、精子が溜まっているせいなのかしら。ああ、でも、普段の大きさと比較しないと、なんとも言えないわね」

彼女はひとりうなずき、つぶやくように言った。

「まだまだ実験を重ねる余地がありそうだわ」

そうすると、今後もこんなふうにして、美人研究者のモルモットにされるのだろうか。それも悪くないなと、信太郎は喘ぎながら思った。

「ところで、いつもより勃起力が増しているってことは、感じ方はどう？」

「え？」

「いつもより気持ちいいとか」

「ああ、それはありますけど……ただ、勃起の具合は関係なくて、由希さんに握られているから気持ちいいってだけかもしれませんし」

「え、どうして？」

「いや、だって……」

憧れていた女性だからと、きっぱり言えれば格好よかったのではないか。まあ、フルチンで格好いいもないのだが。

言葉を濁すと、由希はそれ以上追及しなかった。ただ、ちょっと照れくさそうに頬を緩めたから、こちらの内心を察したようである。

「実は、あのアロマには、男性の感度を高める成分が含まれているのよ」

「え、それって南米の？」

「ああ、天然由来のものじゃなくて、わたしが化学的に合成したものなの。ただ、まだ開発段階だから、効果があるかどうか未知数なんだけど」

「そうなんですか」

「その見極めは、今度また比較実験をする必要があるわね。あ、それから、あとで関谷さんのお香を貸してね。詳しく調べてみたいの」

「わかりました」

「もしかしたら、女性を感じやすくさせる成分がふくまれているかもしれないわ。それを応用すれば、男性向けの開発にも役立つはずだから」

それにしても、彼女が勤める研究所は、どんな目的で設立されたのだろうか。ふと疑問を覚えたとき、彼女の手が上下に動きだした。

「じゃあ、もっと気持ちよくなって」

いよいよ本格的な愛撫に移行したようだ。つまり、これからは実験ではなく、男と女の時間ということだ。

「ああ、あ、由希さん――」

リズミカルな手淫奉仕に、声が自然と大きくなる。呼吸も荒くなり、信太郎は狂おしいまでの歓喜にまみれた。

（ああ、由希さんがおれのチンポを――）

その事実が、確実に快感を高めていた。

しかも、こちらは素っ裸で、彼女は白衣姿だ。一方的に弄ばれるシチュエーションながら、それにも密かに昂ぶる信太郎であった。

もっとも、あまりにペニスが硬くなりすぎて、由希は扱いづらそうである。普段なら余裕のある包皮が、著しい膨張によって張り詰めたふうになっているためもあっただろう。

「ちょっと待ってて」

手を止めた彼女が、ベッドに片膝を乗せる。そのまま屹立の真上に顔を移動させた。

（え、ひょっとして――）

信太郎は色めき立った。フェラチオをしてもらえるのかと期待したのだ。

ところが、彼女は亀頭の間近で口許をモゴモゴさせると、たらーっと唾液を垂らした。摩擦しやすいよう潤滑しただけだったらしい。

それでも、ナマ温かな唾が亀頭をトロリと伝っただけで、秘茎が小躍りするほどに昂ぶる。

「あん。また硬くなったみたい」

悩ましげに眉をひそめ、由希が手の動きを再開させる。今度は包皮を用いずに、手筒でヌルヌルとこすりたてた。

「くあああ、あ、き、気持ちいいです」

信太郎は身をよじり、神経を快楽一色に染めた。

「すごくゴツゴツしてるわ。立派なペニスね」

他ならぬ由希に褒められると、本当にそうなのかと誇らしくなる。いつになく猛々しいのは自分でもわかったから、ただのお世辞ではないのだと確信できた。

（ひょっとして、あのお香には勃起を促すだけじゃなくて、ペニスを大きくさせる効果もあるんじゃないか？）

たとえば血行を良くして、海綿体を普段以上に充血させるとか。

そんなことを考えるあいだにも、信太郎は一直線に上昇した。

「あ、ああ、すごくいい。もうダメです」

切羽詰まったことも伝えても、手は止まらない。それどころか、陰嚢に添えられた左手が、優しくモミモミしてくれたのだ。あたかも睾丸のポンプでザーメンを吸い出すみたいに。

そのため、たちまち限界が見えてくる。

「あ、出ます。出る。いく――」

呻くように告げ、腰をガクガクとはずませる。ところが、あとひとしごきで絶頂というところで、無情にも手がはずされたのだ。

「え？」

高みから放り出され、信太郎は混乱した。訳がわからず由希を見あげると、眼鏡の奥の目が愉快そうに細まっていた。

「勘違いしちゃダメよ」

「ど、どういうことなんですか？」

「これはべつに、あなたを気持ちよくしてあげるためだけに始めたことじゃないの。

あくまでも実験だし、あと、お仕置きでもあるのよ」

「お仕置き――」

「わたしに悪戯をした罰よ」

彼女が再び肉根を握る。新しい唾液を垂らして潤滑すると、またヌルヌルとしごいた。

「あ、あ、ああっ」

一度爆発寸前まで高められたから、息が上がるほどに感じてしまう。目の奥にパッパッと歓喜の火花が散るのも見えた。

「うあああ、い、いく」

ところが、またも寸前で手が離された。

(ああ、そんな……)

情けなくて、焦れったくて、思わず涙をこぼす。けれど、それすらも年上女性の憐《れん》憫《びん》を招かなかった。むしろ、嗜虐心を煽ったらしい。

「ふふ。イキたいのね」

わかりきったことを言った由希が、今度は強ばりを緩く握る。指と筒肉のあいだにわずかな隙間があるようだ。

「じゃあ、イッてもいいわよ」

手がリズミカルに上下する。だが、そんなゆるゆるの握り方で、頂上に行けるはずがない。

「ううう、お、お願いです。もっと、もっと――」

「もっと、なに？」

小気味よさげな面持ちに、恥ずかしいことを言わせたがっているのだとわかった。

「つ、強く握ってください」

「どこを？」

「……ペニスを」

「んー、もう右手が疲れちゃったのよね」

それが嘘であることぐらい、子供でもわかる。

「あ、でも、こっちはまだ疲れていないわ」

左の手が、玉袋を揉み撫でる。やや強めの刺激ながら痛みはなく、むしろ快い。

だが、それだけで射精に至るはずがないと、彼女だってわかっているのだ。

「こうされると、キンタマも気持ちいいでしょ？」

生真面目な風貌のリケジョが、はしたない単語を口にする。同じことは朝美にも言われたが、衝撃はあのときの比ではなかった。

(由希さんがそんなことを言うなんて!)

ただ面白がって子供っぽい俗語を使っただけかもしれない。けれど、その部分を愛撫されているためもあって、総身が震える心地がした。ますますオルガスムスが欲しくなる。

「だ、だったら、左手でペニスをしごいてください」

我ながらうまい提案だと信太郎は思った。由希も虚を衝かれたふうに目を丸くする。

「なるほど。よく考えたわね」

感心したふうにうなずき、本当に左手で屹立を握ってくれた。

「むふぅ」

太い鼻息がこぼれる。今度は緩くではなく、しっかり握ってくれたのだ。

さらに、唾液をたっぷり垂らしたあと、紅潮してはち切れそうな亀頭に、右手も被せてくれた。

「ああ、あああっ、うあああああ」

信太郎は頭を左右に振って、歓喜の声を張りあげた。

左手の筒が、筋張った胴体を摩擦する。さらに、柔らかな右の掌が、敏感な頭部粘膜をぬりぬりとこするのだ。豪華二点責めの手淫奉仕に、愉悦が爆発的に高まった。

「あああ、だ、駄目です、もう——」

一分と持たず発射のカウントダウンに入ったものの、残りスリーカウントで両手がぴたっと止まった。

「ううう……もう、勘弁してください」

信太郎は身を揺すって懇願した。イキたくてもイケずに、このままでは頭がおかしくなりそうだ。

すると、由希がレンズ越しに目をきらめかせる。

「それじゃあ、もうわたしに悪戯はしない？」

「はい。絶対にしません」

「わたしの言うことは、何でも聞く？」

「はい、聞きます」

「これからも、わたしの実験台になってくれる？」

「なります。実験台でも下僕でも奴隷でも、何にでもなります」

寸止めが続いて忍耐も限界を迎えていたから、そこまで言えたのである。もっとも、彼女のためなら何でもするという気持ちは、もともとあったのだ。

「わかったわ。それじゃ、イカせてあげる」

由希が両手の動きを再開させる。しかも、より強い握りと速い動きで。

「ああ、あ、いきます。いく」

全身に蕩ける甘美が行き渡る。体幹が痺れ、体中の筋肉がビクビクと痙攣した。

そして、今度こそ終末が訪れる。

「ううう、出る……むはッ！」

腰をガクンと大きくはずませ、信太郎は熱情のエキスを噴きあげた。目のくらむ快美にひたって。

かなりの勢いだったにもかかわらず、ザーメンが宙を舞うことはなかった。なぜなら、由希の右手は亀頭に被されたままで、過敏になった粘膜をヌチャヌチャと撫で続けていたのである。

「ああ、あああああ、ううぅ」

強烈な刺激が続いたため、絶頂の波がなかなか引かない。昨日出さなかったぶんもまとめてたっぷりと放ったあとも、両手が休みなく動いていたために悶絶しそうになった。

「も、もういいです」

腰をくねらせて頼み込み、ようやく愛撫が終わった。

「くはっ、ハァ……あふ――」

荒ぶる呼吸が、なかなかおとなしくならない。信太郎は著しい虚脱にまみれ、ぐったりしてベッドに沈み込んだ。

「まあ、たくさん出たわ」

由希の驚嘆の声が、耳に遠い。彼女の右手は白濁液でベトベトであろう。

アロマの香りをかき消すほどの青くささにまみれ、信太郎はほんの短い時間であったが眠りに落ちた。射精疲れがそれだけ大きかったのだ。

4

目を覚ましたとき、多量に発射したザーメンは、綺麗に後始末されていた。

「あ、すみません」

焦って身を起こそうとしたものの、すぐに背中をシーツに戻してしまう。ひと眠りしても、疲れがかなり残っていたためだ。

そのくせ、ペニスはギンギン状態を維持していたのである。これもアロマの効果なのか。

「気持ちよかった？」

顔を覗き込んできた由希が訊ねる。頬が赤らんでいるのは、牡の絶頂を目の当たりにして昂奮したからではないのか。

「はい、すごく」

「自分でするときと、どっちが気持ちいいの？」

「それはもちろん、由希さんにしてもらったほうが」

「ふうん、そうなの」

怪訝な面持ちを見せたものだから、信太郎は気になって訊ねた。

「え、信じてないんですか？」

「そうじゃなくて、男性はセックスやペッティングよりも、マスターベーションで射精するのが一番気持ちいいって調査結果があるのよ。自分で出るタイミングをコントロールできるかららしいけど」

それは一理あるかもしれないと思ったものの、少なくとも信太郎は、彼女にイカされたのがこれまでで最高だった。

「おれは自分でするよりも、由希さんにしてもらうほうがいいです」

本音を告げると、理知的な美貌がわずかに歪む。

「あら、これからもわたしに欲望を処理させようって魂胆なの？」

「いえ、そういうわけじゃ……あ、女性はどうなんですか？」

「え？」

「女性もセックスをするより、自分でしたほうがより快感を得られるんですか？」

「さあ。わたしはわからないわ」

「え、どうしてですか？」

「だって、マスターベーションなんかしないもの」

本当かなと思ったものの、今はその真偽を追及している場合ではない。

「だったら、今度はおれが、由希さんを気持ちよくします」

きっぱり告げたものの、彼女は「それはいいわ」と拒んだ。

「え、どうしてですか？」

信太郎は大いに落胆した。本当に自分はただのモルモットだから、手を出すなんて許さないというのか。

しかし、そうではなかったのである。

「関谷さん、今日はもう無理でしょ？　射精してすぐに眠っちゃうぐらい、疲れてるみたいだから」

「い、いや、それは」

「今だって、起きあがろうとして無理だったじゃない」

事実だったから、何も言えなくなる。すると、由希がにんまりと白い歯をこぼした。

やけに艶っぽい笑顔だ。

「だから、わたしがこの元気なペニスを借りて、自分で気持ちよくなるわ」

「え？」

信太郎が見ている前で、白衣がはらりと床に落ちる。さらに白いブラウスも。

（ああ、由希さん）

思わず目を瞠《みは》ると、彼女が軽く睨んできた。

「そんなに見ないで。恥ずかしいから」

慌てて顔を背けたものの、見ないでいられるわけがない。スカートや下着が取り払われ、肌があらわになるところを、信太郎は横目でチラチラと盗み見した。

「さ、これで準備オーケー」

一糸まとわぬ姿になり、由希がベッドに上がってくる。信太郎の腹を、膝立ちで跨いだ。

（素敵だ……）

三十路女性のヌードを、信太郎はうっとりして見あげた。

着衣のときはスリムに見えたものの、脱ぐと必要なところにはちゃんとお肉と脂がのっている。下側に重みのあるお餅タイプの乳房に、腰回りもしっかり充実していた。そのため、細いウエストのくびれが際立つ。

触れたときに推察した通り、恥毛はかなり濃い。ヴィーナスの丘に菱形《ひしがた》を描き、パンティに押さえつけられていたためか、上部分が逆立っていた。

今は眼鏡をはずしているから、顔の印象が和らいだ感じになっている。それゆえ、年齢相応の色気が裸身から滲み出るようだ。

そんな見た目のエロティシズム以上に、信太郎を昂ぶらせていたのは、ふんわりと漂う熟れた体臭であった。

（ああ、なんていい匂いなんだ）

ソファに並んで坐ったときにもうっとりした、甘くて切ないフレグランス。肌を晒したらもっとそそられるのではないかと睨んだとおり、信太郎は甘美な空気に包まれるのを感じた。

そのため瞼を閉じて、媚惑の香りを深々と吸い込む。

であろう。

「ちょっと、何をうっとりしてるの？」

由希が咎める。目をつむったから、裸身に見とれているわけではないとわかったであろう。

「由希さんの匂いがすごくよくて、もう、たまらないんです」

目を開けて、感動を込めて告げる。これに、彼女は戸惑いをあらわにした。

「なによ、匂いって」

自分の腕をクンクンと嗅ぎ、首をかしげる。

「さっき、シャワーを浴びたんだけど」

最初からこういう展開に持っていくつもりで、事前にしっかり準備をしたのだろうか。今日も外は温かだが、昼間からシャワーを浴びる必要があるほど、汗ばむ陽気ではない。

「由希さんは、とてもいい匂いなんです。このあいだもソファにいっしょに坐ったとき、すごくドキドキしたんです。お香を焚いて由希さんを自分のものにしたくなったのも、そのせいなんです」

「そうなの……？」

彼女は理解し難いという顔を見せている。香りの研究をしているのに、自身が漂わせるものには関心がないのか。

（いや、自分の匂いは、自分じゃわからないっていうからな）

ならば、どうにかしてこの感動を視覚的に訴えられないものか。

「あ、だったら、おれにおしりを向けてください」

「え、どうして？」

「おれが由希さんの匂いでものすごく昂奮することを、証明しますから」

そこまで言われたら、彼女も研究者として確かめたくなるだろう。

「わかったわ」

由希が回れ右をする。ぷりっとして丸い、美味しそうな臀部を向けた。

「もうちょっとおしりをおれのほうに。それから、ペニスを見ててください」

「んー」

合点のいかなそうな声を洩らしつつ、リケジョがそろそろと前屈みになる。尻の谷がぱっくりと割れ、淫靡な光景をさらけ出した。

「やだ……これだと、アソコの匂いを嗅がれるじゃない」

ようやく悟ったらしく、由希がつぶやく。それでも言われたとおりにしたのは、シャワーを浴びたあとで汚れていない安心感があったからだろう。

だが、逞しい陽根を愛撫したことで、女の部分が疼いたはず。

目の前に接近する陰部は、濃い恥叢で覆われて、恥唇の佇まいが詳らかでない。それでも、ぬるい秘臭がむわむわとこぼれるのはわかった。

（ああ、やっぱり素敵だ）

いい匂いの源泉はここなのだ。女らしさと、牡を狂わせるフェロモンを凝縮した媚香が、嗅覚神経を悩ましくさせる。洗っていなければ、もっと昂奮するに違いない。

そんなことも考えて、勃ちっぱなしのペニスがさらなる力を漲らせる。

「え、嘘」

由希が驚きの声を発する。亀頭がいっそうふくらんで、今にもパチンとはじけそうになったのを目撃したのではないか。

さらに、肉根がビクンビクンとしゃくり上げる。意識してそうしているのではない。あくまでも自然の反応なのだ。

「わたしの匂いで、ここまでになったの？」

「そうです」

陶酔の口調で答えたことで、彼女も納得させられたようだ。

「だけど、わたしの匂いっていうか、アソコの匂いで昂奮しているだけなんじゃないの？」

「由希さんの匂いは、どこも素敵なんです。その中でも特にここが――」

「わ、わかったわ」

それ以上言わせまいとしてか、由希が言葉を遮る。それから、悩ましげにヒップを揺すった。

「だったら、わたしの匂いも研究してみようかしら……」

そのつぶやきに、信太郎は寝そべったまま何度もうなずいた。もしも彼女の匂いのアロマキャンドルができたら、すべて買い占めよう。こんな素敵なもの、誰にも嗅がせたくない。

「とにかく、関谷さんも大昂奮みたいだし、今度はわたしも感じさせてもらうわね」

魅惑のヒップが目の前から離れる。騎乗位で交わるつもりなのだと、信太郎はすぐに察した。

（あ、その前に――）

両手を伸ばして艶腰を捕まえる。

「え、ちょっと」

咎めるのもかまわず、自らのほうに強く引き寄せた。

「キャッ」

不安定な体勢でいたものだから、由希は抗いようもなく男の顔面に坐り込んだ。

「むふふぅ」

快い窒息感に、信太郎は呻いた。呼吸をすると、究極のかぐわしさが鼻や口から流れ込んでくる。まさに天国だ。

「もう、バカぁ」

由希がなじり、尻を浮かせようとした。その前に、舌で濃い秘毛をかき分ける。華芯を暴くと、湿った裂け目に舌を差し入れた。

「あっ、ああ――」

艶めいた声が聞こえたのを合図に、舌を律動させる。ほじるように性器粘膜をねぶり、敏感な肉芽も探った。

「あああ、そ、そんなことしなくてもいいからぁ」

由希が尻割れをキュッキュッとすぼめる。挿入前にクンニリングスで濡らそうとしているのだと理解したようだ。

もちろん、それも目的のひとつだ。けれど、単純にもっと匂いを嗅ぎたかったし、味わいたい気持ちも大きかった。だからこそ、信太郎は貪欲に舌を使ったのである。

「ダメ――く、ううう、き、気持ちいい」

バツイチ美女が悦びを訴える。感じてくれているとわかり、信太郎はますます張り切った。縮れ毛が鼻の穴をくすぐって、クシャミが出そうになるのも厭わず、ピチャピチャと秘苑をねぶり続ける。

「やん、感じる。こ、こんなに舐められるのなんて、は、初めてぇ」

甘えた声でよがる彼女の元夫は、あまりクンニリングスをしなかったのか。だったら別れて正解だと、信太郎は思った。

（こんなにいい匂いで、しかも美味しいオマンコを味わわなかったなんて、とんだ大馬鹿野郎だな）

官能的なフレグランスそのままに、由希のラブジュースも甘露であった。じゅわじゅわと溢れるそれは粘りがあまりなく、唾液に溶けて喉を潤してくれる。

（だけど、由希さんは本当にオナニーをしないんだろうか？）

さっき言われたことを振り返り、疑問を抱く。舐められてちゃんと感じているから、指でも刺激したことがありそうなのだが。

（まあ、それもおいおいわかるだろう）

何なら桃香としたように、オナニーの見せ合いをしたらどうだろう。自分が持っているお香と、由希のアロマの両方を使いながら。かなり昂奮するだろうし、気持ちいいに違いない。

自分を振った後輩の女子を思い出しても、信太郎はまったく平気だった。もっと素敵な女性と、こうして親密になれたのだから。

(もっと気持ちよくしてあげますからね)

舌が探り当てた肉芽は、存在感を増して硬くなっている。舌先ではじくように舐めると、下半身のわななきが顕著になった。

「そ、そこいいッ」

素直な感想が愛おしい。

「あ、あっ、イキそう」

クリトリスを重点的に責めていると、由希が極まった声を上げる。丸いヒップがぷりぷりとはずみ、秘毛に隠れた恥割れがせわしなくすぼまるのがわかった。

(いいですよ。イッてください)

あまり舐められたことがないのなら、口淫奉仕で昇りつめるのは初めてなのだ。彼女の最初の男になれるなんて、これほど光栄なことはない。

チュッ、ちゅぱッ——。

舐めるだけでなく、尖らせた唇で秘核を吸いたてる。とうとう由希は頂上に昇りつめた。

「あああ、イクイク、お、オマンコ舐められてイッちゃうぅうううっ！」

熱に浮かされたみたいに卑猥なことを口走り、裸身をエンストしたみたいに暴れさせる。何かに縋ろうとしたのか、信太郎のペニスを両手でギュッと握りしめ、腰をワナワナと震わせた。

「あ──あふっ、ふぅううう」

太い息を吐き出し、張り詰めた亀頭に湿った風を与える。間もなく脱力すると、屹立の根元に顔を埋めた。

「ふはっ、は──はふ」

気怠げな息づかいで、鼠蹊部が蒸らされる。

（イッたんだ、由希さん）

女性を絶頂させたのは、これが四人目だ。しかも、お香の力に頼らず、自力で成し遂げたのである。

加えて、相手が好意を抱いた女性であることも、満足感を深いものにした。

ねぶられた秘苑は、唾液に濡れた陰毛が皮膚にべっとりと張りつき、多少は形状を窺い知ることができる。舌で触れたときにもわかったが、花びらはあまり大きくなく、ちんまりした佇まいであった。

(桃香ちゃんみたいに毛を全部剃ったら、すごく可愛いんじゃないかな)

とは言え、剃毛を提案したところで、いい年をして恥ずかしいと拒まれるのではないか。ただ、黒縁眼鏡で真面目そうなリケジョがパイパンというのも、ギャップがあってそそられる気がする。

そんなことを考えていると、由希がノロノロと身を起こした。信太郎の胸の上で上半身を起こし、ふうと息をつく。

それから、頰を赤くした横顔を見せた。

「イッちゃった……」

つぶやくように言って、目を潤ませる。クスンと鼻をすすり、牡の下半身のほうに移動した。

ペニスは相変わらず硬く反り返ったままだ。その真上でこちらを向いた由希が、照れた笑顔を見せた。

「とっても気持ちよかったわ」

「いえ……どういたしまして」

言ってから、間が抜けていたかなと反省する。ただ、どう答えるのが正解なのかわからなかった。

「じゃあ、これで気持ちよくなりましょ。今度はふたりで」

牡の猛りを、彼女が逆手《さかて》で握る。上向かせたものの切っ先を、自身の底部にあてがった。

「あん……本当に硬いわ」

ふくらみきった亀頭で、自身の恥ミゾをこする。滲み出ていた蜜汁がまぶされ、ヌルヌルとすべった。

（ああ、いよいよ）

由希と結ばれるのだ。この日をどれだけ待ったことだろう。

もっとも、出会ってから一ヶ月も経っていないのだ。なのに、ようやくという思いが強いのは、それだけいろいろなことがあったからである。

「じゃあ、挿《い》れるわよ」

かすかに震える声で告げ、三十路のリケジョがからだをそろそろと下げる。いつになくふくらんだ亀頭が濡れ割れを圧《お》し広げ、少しずつ侵入した。

「あん、入ってくる」

由希の表情に怯えが浮かんだ。もしかしたら、男を迎え入れるのが久しぶりなのだろうか。

夫とは昨年別れたと、彼女は言った。そうすると一年ぐらい、離婚の前もセックスレスになっていたらそれ以上、ご無沙汰だったことになる。独りになったからといって、男遊びをするタイプには見えないから。

事実、もう少しで入るのにというところで、由希の動きがぴたりと止まった。

「ふう」

息をつき、表情を引き締める。瞳に決意の色が浮かぶなり、今度はからだがすっと沈み込んだ。ためらっていても埒が明かないと、思い切った行動に出たのだ。

ぬぬぬ——。

狭い蜜穴を、肉の槍が侵略する。根元まで濡れた熱さを感じたところで、まといつくものがキツくすぼまった。

「ああああっ」

由希が首を反らし、感に堪えない声を上げる。

（入った——）

信太郎は快さと感動に包まれた。やっとふたりは結ばれたのだ。

「はぁ……ハア──」

深い呼吸を繰り返してから、由希はようやく人心地がついたふうに肩の力を抜いた。

「すごいわ……いっぱいに詰まってる感じ」

つぶやいて、悩ましげに眉根を寄せる。受け入れたものを確認するみたいに、膣口が何度も締まった。

「由希さん、気持ちいいです」

信太郎が告げると、彼女は照れ笑いの顔を見せた。

「わたしもいい感じよ」

だが、ただ受け入れただけでは、それほど快感はないだろう。

「動くわね」

信太郎の両脇に手をついて前屈みになり、由希はヒップをゆっくりと上げ下げした。

「あ、あ……んんぅ」

控え目に喘ぎをはずませ、動きの幅を徐々に大きくする。

「ああ、すごくいいです」

信太郎は悦びを真っ直ぐに告げた。何しろ、最高の硬さを保った分身が、濡れ柔らかなヒダにニュルニュルとこすられるのだ。

（……やっぱり手でされるより、セックスのほうがいいな）

蜜穴のほうが快いという単純なものではない。ふたりがしっかりと繋がった一体感により、快感が深くなるのだ。

「いい感じだわ……」

つぶやいた由希の腰づかいがスムーズになる。速度があがり、太腿の付け根に柔尻がぴたぴたと当たった。

「あん、オチンチン、硬くておっきい」

泣くような声で、彼女がまたも卑猥なことを口にする。それだけ悦楽希求に夢中である証しなのだ。

「由希さんの中も、すごく気持ちいいです」

信太郎が告げると、接近した美貌が視界いっぱいになる。

「わたしも……関谷さんのオチンチンで、オマンコが悦んでるわ」

唇を塞がれ、ふたりは熱いくちづけを交わした。

「ふう」

舌を絡める長いキスのあと、ひと息ついた由希は、いいことを思いついたという口振りで囁いた。

「ねえ、今度、関谷さんのお香も持ってきて」

「え？」

「わたしのアロマキャンドルといっしょに使ったら、もっといい感じになれると思うわ」

　確かにそうだなと、信太郎はにんまりした。

「ちょっと、いやらしい笑い方をしないでよ」

　年上のリケジョに叱られて、首を縮める。もっとも、彼女のほうも頬が緩んでいたから、考えていることは一緒なのだ。

「ね、もっと激しくするわよ」

　由希がヒップをせわしなく振り立てる。狭穴でこすられ、信太郎は歓喜に呻いた。

「うう、すごくいいです」

「あん、あん、オチンチン、ピクピクいってるぅ」

　暴れるペニスをたしなめるみたいに、彼女が締めつけを著しくする。

「あああ、ゆ、由希さん、そんなにしたら」

「射精するのはまだよ、我慢して」

　言われて、歯を喰い縛る。もっとも、逞しい剛直で女芯を抉られ、しかも自分のペースで動いていたから、由希のほうも昇りつめるのは早かった。

「くうう、い、イキそう」

息をハッハッとはずませ、熟れ尻を高速で上げ下げする。交わる性器が、ヌチャヌチャと卑猥な音をこぼした。

「あ、またイク、イッちゃう」

「お、おれも……由希さん——」

オルガスムスの波に翻弄《ほんろう》される女体の奥深くに、信太郎は激情のエキスをいく度も噴きあげた。

（了）

＊本作品はフィクションです。作品内に登場する人名、地名、団体名等は実在のものとは関係ありません。

長編小説
媚薬団地《びやくだんち》
橘 真児《たちばなしんじ》
2019年7月3日　初版第一刷発行

ブックデザイン……………………… 橋元浩明(sowhat.Inc.)

発行人……………………………………………後藤明信
発行所……………………………………株式会社竹書房
〒102-0072　東京都千代田区飯田橋2－7－3
電話　03-3264-1576（代表）
03-3234-6301（編集）
http://www.takeshobo.co.jp
印刷・製本……………………………凸版印刷株式会社

ISBN978-4-8019-1920-4　C0193